《藍色的斷想》勘誤表

則	a 90	a 209	a 249	a 365	b 108	b 162	b 175	b 211	b 223	b 231	b 369	b 391	c 27	c 62	c 163	c 40	c 263
行	3	2	2	3	1	1	1	3	2	1	2	1	1	5	1	2	1
字	5	9	1	14	14、19	4	9	8	10	17	8	6	7	10	3		
誤								場								起頭過來	出世
正								場								起過頭來	出生

藍色的斷想

——孤獨者隨想錄A、B、C全卷

陳冠學著

三民叢刊86

三民書局印行

全卷本序

陳冠學

趁着全卷本的出版，著者要在這裏說明A卷裏的一個用字。A卷二五八條有「恪佛」二字。按「恪佛」原本寫做「佞佛」，出晉書·何充傳：「于時郗愔及弟曇奉天師道，而充與弟準崇信釋氏，謝萬譏之云：『二郗諂於道，二何佞於佛。』」謝萬譏刺，用字恨不得尖刻，後人沿用，未免欠妥。因此著者改用「恪」字，如人恪於錢財，緊抱着錢財不放，信佛而至於緊抱着佛腳不放，情況差可比擬。這是著者個人的用字，當然著者極希望世人能夠採用，但用不用，絕對不能勉強。

拙著有機會跟三民書局的廣大讀者群見面，著者要感謝劉董事長振強先生的厚愛。

一九九四年八月

A卷

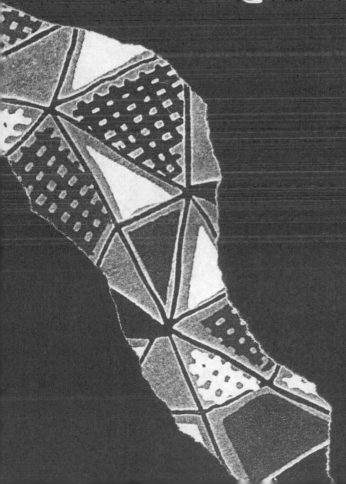

a1 想起過去的錯失或不當行爲，難堪之至。過往得意事殆全不可記憶，其無關緊要者尤忘得乾淨，惟過誤失當，雖纖芥猶歷歷記存於心中。

a2 感情固然可愛，人世上感人之事業泰半爲感情之發行，但感情而支配一切，則此人必處處失敗。女人而爲感情所支配，固也。男人當以理智支配感情。但世上男人仍多爲感情所支配，故失敗者多。失敗人人能之，故失敗不是一種才能。

a3 整個宇宙創造中就有多少遺憾，人一生如何能免？反顧此生，或已鑄成或不可避免地將鑄成之遺憾又有多少；他人或人群之造成我之遺憾者又如許其多。人，一生幾全是遺憾。人生真是無可奈何！

a4 再精明謹慎的人，一段日子中，總有糊塗一時之時；這就是說，人總要落入災難或不幸中。使人無糊塗之時，可無災無難過一生矣。

a5 人走過一段路，到達了目的地，大概都會回顧來路一眼。

a6 人應生活得愉快，故人有權利拒絕看到聽到接到不愉快的人、事和物。故一個人對另一個人無半點友善之意，則另一個人可不予理睬。

a7 就一己分內做好事行善，好人只能做到這裏；過此以往，對抗邪惡，打擊邪惡，這就超出其能力之外了。

a8 生計，蝕盡了多少豪傑和天才的生命。

a9 越少的珠子，越得到自由；三、五個珠子，可握而攜，多數量的珠子，則非打孔串線不可。人類尊嚴與自由，與其數量正成反比，人口比例過多了，老天只得給打了孔串了線。

a10 一篇文章，一段樂曲，一幀圖畫，一片風景，能使人覺得着全身委卸下來，得到一種完全的休憩之感的，那一定是真藝術品、好藝術品，不論它是人創作的，或老天創作的。唉，活着，活了這多年，好似一直不曾坐下來休息過，實在太疲累了啊！只有接觸着這些藝術品的時候，纔得着休憩，多麼感謝它們的創作者啊！當然，對於年輕人，藝術品是給了他們一雙飛離現實的翅膀，他們藉着這雙翅膀，飛上天國，飛入美麗的夢境。但對於中年以上的人，中年以上的人，彷彿着了魔咒，永遠直着身，不是站着，便是行走着，而每件藝術品，乃是能片刻解除魔法的奇寶。

a11 自由主義是野蠻主義。人天生有強弱、美醜、智愚之不齊，自由主義者主張自由競爭，無異主張強權。人世之可貴者，之異於物類者，乃在有節制、自制，而不在霸佔。自由主義美其名爲自由，實是主張復歸野蠻時代。達爾文主義的遺毒現在一一成了症狀，自由主義是達爾文主義的苗裔之一。

a12 人大多是自己命運的導演者，少數人確是命運導演了他的一生。

a13 性天真者，不待酒之醉。常人爲世網所拘，天真受壓抑，必待酒之醉之，而後得以解放。故斗酒詩百篇，明李白醒時爲世網所拘，非天生之詩人也；天生之詩人，世網不得而拘焉。

a14 二十世紀文藝之一大特點，乃是從事創作者，缺乏創造美之能力，即無創造美之才分，此種人不配當藝術家。

a15 文學創作非不能寫人世的黑暗，但至少得抹一絲指引的光，那怕是一個五等光度的小星點也好；非不能寫人世的卑陋，但至少得留一絲向上的仰角，那怕只有一度也好。若寫人生寫得漆黑一團，一式平披甚至下流，寫得再用力，寫得再活現，也不能算是好作品。

a16 健康就是一切。健康是一切的基礎：健康是意義的基礎，是價值的基礎，是善的基礎，是美的基礎，是真的基礎。沒有健康，這一切便從世上消失了。

a17 我非常欣賞曹操的寧我負人莫人負我的話，不這樣就成就不了奸雄事業。其實人世大業，都得如此，只是聖賢成就大業時，有負人的不是在心頭（即須忍受負人的苦痛），而奸雄則無負人的不是在心上，這是其差別所在。

a18 爲德不卒，這是有罪的，也可以説這是一種罪惡。何則？你用人情細綁了這個人，然後遺而棄之，或予以鞭打宰割，對方因被細綁失去了自衛自救的能力，這是極端殘忍的行爲。

a19 人們羡慕天才，天才要付出某種驚人的代價，這種代價是常人不肯付的。

a20 有時覺得活着很難堪，這種感覺若一直持續下去，非至自殺不可。爲何有此感覺呢？大概有二種理由：不是覺得自己齷齪，便是覺得人世齷齪罷。

a21 孤獨是幸福，也是難堪。衆人皆醉我獨醒，這是最難堪的孤獨。

a22 只有孤獨，人纔得有自由。自由就是孤獨。不堪孤獨，便休想擁有自由。

a23 爬得愈高愈孤獨，眾人皆聚居在平原。

a24 操守高潔的人，意志如鋼鐵的人，愛心如江海的人，熱情如火的人，天稟優異的人，學力深到的人，人雖是被造物，造物主對凡此等人亦必肅然起敬。然而生命優美的人，造物主必且傾心愛之。

a25 時間就是國王新衣中的兒童。

a26 凡真正不朽的真文藝作品，看來大似非出人類手筆，古人所謂如出神授者。

a27 貪婪與愚蠢支配了這個人世，使之一直不幸。

a28 用放大鏡看人生的人，看見人家平滑的臉，硬說人家是麻臉。

a29 生命隨着文明的昇高而卑微。只有文明社會纔賤視生命。

a30 盲眼人要牽引明眼人走路，明眼人不願意。於是盲眼人歎息着說：你們明眼人爲什麼都這樣固執，不聽盲眼人的指引呢？

a31 通常所謂大師、成功作品，實乃別開生面而已，非其作品真有藝術成就也。

a32 有太多的理由教人尋求孤獨。若你覺得和人相處難，你就孤獨去罷！

a33 黃昏是哲人的時辰，殘暉裏，盡是思想的惶惑。

a34 幾縷最後的金光撤去之後，一切思路將迷失在夜色裏。走在這思路上的哲人，只好靜待另一個黎明。

a35 有多少個黃昏，我目送着一些什麼在殘暉裏隱去。

a36 面對大自然我是一個人；面對人間世我是又一個人。

a37 老而不死，只爲了一個完美人格的完成。

a38 凡不能有神聖感者，皆不是美感，那只是快感。

a39 沒有比人與人之間的人間愛更美的東西了，它是不可抵擋的悲劇裏一股極爲微弱的阻遏之力。

a40 植物無眼目而開花爛漫，余每佇立花前而驚奇焉。

a41 委屈自己容易，委屈別人難。

a42 想起一群音樂家在一起演奏高層次的精神樂曲，在創造美音，就感得他們偉大。在這同一時刻裏，多數世人正從事着些什麼呢？

a43 美不是善，但面對美，使人益加鄙視唾棄邪惡。

a44 十個人類，九個魔鬼。

a45 你以爲這個世界是道理的世界嗎？你錯了。人類普遍缺乏自制的能力和正直的觀念，道理是架不起來的。

a46 不知把握自我主體性的人，就不會渴望孤獨，不知孤獨之可貴。孤獨是自我之究竟。

a47 自殺是老年人的權利，年輕人沒有權利自殺。

a48 五十五歲不算怎樣的老，但對一切感到無力，尤其眼巴巴地看着邪惡就在週遭進行着而無力撲滅時，便切切實實自覺得老了。唉，即使纔二十五歲，在邪惡的時代裏，也是個老人了。

a49 由於貧困，逐漸累積起罪過，因此古人說：貧窮是罪惡。單是一次又一次，教來家的客人受委屈，這樣的罪孽，便令人負荷不起。

a50 我時常在真與僞之間擺盪：我採取真時會覺得背冷，採取僞時會覺得面熱。你說我該讓背冷呢？還是讓面熱？

a51 總羨慕別人的家和平，別人的性情平和，但日子久了，卻發現事實不然，終於對自己說：還是你自己最可愛，你自己的家最好。

a52 人認老就不會再有野心了，這也好。

a53 海明威的老人與海是高藝術，殺人者是高技術；老人與海是欣賞的作品，殺人者是消遣的作品；前者高欣賞，後者高消遣，此其爲成功之作也；但價值迥異，一爲高藝術價值、高欣賞價值，一爲高技術價值、高消遣價值。

a54 凡美感必透到精神層，不論其看似純生理層之感應或心理層之感銘，必要透到精神層方爲美感，否則爲快感。

a55 傑克·倫敦寫狗如人，左拉寫人如狗，左拉的徒孫菸草路的作者則寫人且不如狗。

a 56 嗜慾是放縱出來的。

a 57 時間把人帶到衰老，世上有誰不是失敗者？

a 58 我們要的不是禮貌而是誠懇。

a 59 人間的爭奪詐欺，令人厭煩之至，生存之費心勞神，莫此之甚。

a 60 人不吃苦則不知感恩。

a 61 快樂是無根的；而悲哀是有根的，悲哀的根直伸到宇宙深處。

a 62 你休埋怨，你天真過來，爛漫過來，你大笑得意過來，雖即如今你老了、病了、將死了，但老天給你的，是如此豐富的人生，你都得了，老天優渥了你，以你的一生。

a63 人太不知足，太不感恩了。

a64 人征服大自然，把外在世界整治得服貼可居，這是可慶喜的事；但卻任令內在世界仍是一片洪荒，洪水猛獸，處處危機。一個人群，放眼望去，儘展現着這一片可怕景象。

a65 有誰曾經見過，美麗而芳香的花朵上停過蒼蠅？可是這美麗的世界啊，卻麕居着齷齪的人類。但願這世界儘快萎謝罷！

a66 如果你有那份權力能力，有那份機會去造出快樂，就請盡量造給別人罷！因爲造物者造給人的痛苦已然太多了。

a67 死，在生物界本是易事，至人類乃成艱難事。古人詩云：千古艱難惟一死。人類於生物界，樣樣翻出新義來。

a68 一定要真正成爲一個人，纔艱難。

a69 人之異於禽獸者在在是，嫫母雖年二八，且裸裎於前，人弗顧也；佳肴而蒙不潔，人亦弗顧也。此可見人禽之辨。吾嘗見一癩皮母狗焉，群公狗環繞之不去；狗且嗜屎。

a70 有時候，我但願做一隻人，而不願意做一個人。

a71 對於一個男人，女人令他像懷鄉似的想望的，是她那溫柔的母性和她那柔軟的雙乳。

a72 真正的文學作品，讀後必有作者予我甚多，淨我甚多之感；無此感者，爲消遣文字，非文學也。

a73 藝術如酒，醞一日一度香。思想如山，登一步一境界。

a74 一個作者一枝筆，都是久年煉成。若不幸這枝筆是枝敗筆，一時要更換是更換不來的。

a75 爭女權，失男人的愛；爭子權，失父母的愛。強者不需要愛，也得不到愛。愛是弱者應得的權利。老而強，將向誰訴說，失去子女的愛呢？

a76 怪你的名字叫知風草，一陣最輕微的風偷偷走過，也無法躲過你的覺察。

a77 黃昏是想家的時候，暮靄裏有着多少歸人的征塵啊！

a78 老年人必不會認賊作子，年輕人則往往認賊作父。年輕人啊，那些權力者一個個都是賊呀！

a79 俗人可一概名爲張三；萬人同一面目，何煩二名？

a80 水有三態，是何設計？南北極無冰，海洋不蒸發，地球死矣。

a81 看着孩子一天天長大，既歡喜又悲哀。那惹人愛憐的稚氣的世界，那真正是天堂般的天真之美，眼看着就要消失而去。啊，但願就在這一刹那，時間永遠停止！可是若時間果真停止，你恐怕又要焦急而死。你是誰？你是孩子的父母親哪。

a82 過分平衡的生理、心理與精神狀況，不利於性靈的活動，即既不利於推理、領悟，尤不利於想像。此種狀況，就是所謂的江郎才盡。

a83 朝日響玎璫地昇起了。

a84 人生兩了：一走了之，一走不了，一死了之。人生太容易。但多數人既走不了又死不了，畢竟艱難。

a85 見鳶飛魚躍，葉綠花紅，了無牽罣，方始痛覺人一身負載萬般枷，而憂懼又何嘗一息之去身——人是生物界唯一的囚徒啊，正不知是人貴抑是物貴？

a86 狀況最佳時，人人都是天才。若一生未曾出現過最佳狀況，就無機會成爲天才。

a87 有意於名山事業，而不能預期不朽，寫一行都是多餘的。

a88 神佛是父母的延續，因此宗教有着人沒有長大成人這一因素。

若世無父母，則亦必無宗教。

a89 本世紀絕不會產生小提琴和鋼琴這樣的樂器。本世紀沒有這種樂器產生的生命情調。

a90 現實是一齊來的，它不容你選擇，不容你廻避。而幻想或想像乃是把我們的渴望或希冀，依我們所已知的幸福之諸種形式，展現成一場美麗的夢境。

a91 凡事不能從意志上發動，卻在情緒上發作，一陣情緒過去了，便一切歸於烏有，這從道德實踐上說，便成爲無恆心，不能有信行；從事業上說，便成爲兒戲，不堪寄托重任；從整個人格上說，便是懶散無氣力；這是大病。

a92 在人群中，人不應學會顧慮實際利害，而應學會不顧慮實際利害，因爲這是人群而不是原始自然界，人群中該不會有洪水猛獸。然而事實卻適得其反，人群比自然界似更原始，在人群中比自然界似更險惡。

a93 一個真有神聖理想的人，即使掉在水裏，陷在火裏，也不會爲了想掙扎脫離水火，把他那緊抓着理想的雙手放鬆了去攀援救命的繩索。

a94 看着別人爲了活下去而勞役着，頓覺難堪，以至於臉紅，而後是一陣悲哀。總覺得求活命是種恥辱。活着彷佛是被設計的陵遲，彷佛有人在幕後觀看着人類卑屈而快意或憤怒。

a95 一個頂天立地的人格，絕不會接受別人的寬恕，而寧當罪受罰。

a96 貪而無厭的人，令人不齒。這種人是人類的大恥辱，是人渣，然而人渣卻在人上。

a97 鶴立雞群，對鶴對雞都不是好事。鶴最好是飛回雲間去。

a98 太史公一部史記，存活許多死人，得以千古不滅。使史公擲筆，劉項遂與草木同朽。西遊記且令想像人物永生。作者筆力，至超造化，謂爲人間最高權力，宇內至貴至尊可也。

a99 我們不是一般動物，我們是人類啊，有中等以上的腦力已經了不得，怎可低估自己？但也因此應自我設防，一旦邪僻，足可成爲可怕的惡魔。

a100 暗夜裏，你睡覺是點燈的不點燈的？最好是不點燈，好看你子夜醒來，是何置身？你將只是一絲意識浮在無邊的黑洞洞中

——沒有身體。

a101 意識消失在黑洞洞中，謂之黑甜；意識虛浮在黑洞洞中，謂之黑慌。

a102 出不如入，入不如出。

a103 人類下賤卑鄙竟一至於此，任一生物都比人類高貴。

a104 女人身負一項偉大的天職，孕、育、哺、養，緜延種姓，功勞無與倫比。

a105 一件偉大的事業，全身以赴且恨力有不足，自無旁騖餘地。

a106 世有寡頭義務，卻無寡頭權利。你要抽煙飲酒，你就得負擔生計，你不能一面是大人，一面又是小孩。

a107 不男不女，這是人妖。你既愛穿高跟鞋，你就是女人，你不能既是女人又是男人。

a108 一夫一妻制加離婚，等於多夫多妻制。凡事違反自然，自然必爲之加減。

a109 老廢是一種設計，使人容易接受死。若老天對人沒加上這份設計，要人直接接受死，那就太殘忍了。一個人，老了而仍不想死，這是人孽。一個老人，雖不一定要微笑臨終，卻也不該有掙扎，若還掙扎，那實在有礙觀瞻。

a110 貝多芬臨終揮拳，很有意思。但那時他還不算老。

a111 世間不可能有完全貫徹的主張或主義。以唯美主義者為例，真的貫徹了唯美主義，則非自殺不可。人畢竟無法持有一個完美的自己，至少人身是個臭皮囊。

a112 你以爲全世界所有眼睛都瞎了時，這世界是什麼顏色？是無色。你錯了，這世界還是有眼睛時的顏色。不可能，沒有眼睛了怎可能？你仍然有所迷，世界本身並沒有瞎。你要領略得這個意思，纔可以講高層的實體。我無法領略，我只確知半夜時這個世界是黑色。依然是錯，那是你的眼睛給塗黑了啊，世界還是正午時的顏色。這太玄了。

a113 一個大字仰臥空曠的大地，瀏覽天空，會覺得彷佛飄浮在天之上，有墜落的恐懼感。習見和幻覺在人生之中造成了多少錯誤和災禍啊！

a 114 豬顯然是一種設計，做爲一個生物，對自己而言，實在沒必要那樣多的肉，這分明是一種設計。許多生物，包括植物動物，都是爲人類所做的特別設計，或正面或負面。

a 115 擁有過多的財富，無異豬。

a 116 人們皆極力藏醜，而惡卻坦然公行。有自覺其醜而自殺者，無自覺其惡而自嫌者。可知造物旨只在造美的世界，而不在造善的世界。

a 117 沒有善，美的世界可能切實實現嗎？子曰：繪事後素。善的世界該是美的世界的素底罷。

a 118 人世絕非仙境，人世是大片沙漠，僅有幾處水源綠洲，供旅行者人人解渴，一人霸佔了水源綠洲，許多人就得渴死。霸佔財富，就是霸佔水源綠洲。

a119 兩隻雄蝶對舞，美。干戈化爲玉帛，美得不可思議。問大自然這是什麼手法？

a120 一片枯葉靜靜地緩緩地飄着。一片餘暉寂寂地依依地老去。

a121 生命內裏透徹的寧靜，使人臨着那最後的時間，沒有一絲驚惶。透徹的寧靜啊，即是透徹的滿足。

a122 一日奔波下來，在暮色裏竚望日落，還有什麼不能平靜的呢？彷彿萬古即從眼前過。

a123 一般言之，男人與女人是兩種不同的生物。至多其中的一種僅算得是另一種的亞種。這二種中傑出者可同另立爲一種，名曰超人。但超人中女人佔極少數。

a124 莫怨貧，無病痛就是最大的幸福。擁有最大的幸福，受些委曲又何妨？

a125 巨章千年乃致其大，大廈厚基乃致其高。今以築屋爲喻，問作者們，今其所有，是何根基？

a126 一生寫二十字足以不朽，君子多乎哉？

a127 文學不是消遣品，文學是救濟。

a128 不能正面開出理想，便無偉大的文學。

a129 文學創作不是行業。

a130 從來不曾跳出自己之外來看自己的人，即從來不曾覺察到有自己的人，乃是造物的一個活工具而已。這樣的人佔人類的絕大多數，乃僅僅是行使本能的一部機器而已。

a131 你不熱愛人生，人生就冷淡你；你拋棄人生，人生就拋棄你；你出世，世也出你。你愛人生時，人生便登時呈現爲一座百花怒放的花園。

a132 黑夜裏一盞孤燈，有似乎人心中的一點靈明。在這樣的燈下獨坐着，縱令是最壞的人也該會油然萌生淨念。

a133 爲何有寒冬？它叫你收斂一下。若永遠是炎夏，你將膨脹之不已，終必脹破。一天裏，你最好有幾小時的寒冬，尤其是炎夏的午後。

a134 你病了，那是收斂你炎夏午後的冬。

a135 你愛小的東西，小貓小狗，小珠子小石子，因爲你比牠（它）們大。你讚嘆大的東西，因爲你比他們小。

a136 良知從我內心中呈出，這使我驚訝。但我未必肯接納它，這又使我驚訝。我是什麼？那個是我？

a137 我的朋友楊新一說，莫怪人家是偉人，人家無私，全從事無私的工作，故世人景仰他。這話說得真確，偉人所從事者盡是公益事業，在公益事業上成就愈大則人格愈偉。音樂、藝術、文學是美的公益事業，故成功的音樂家、藝術家、詩人或作家，尤備受世人的讚慕。

a138 公益叫事業，私利叫行業，今之大公司是製造的行業或販賣的行業，不是事業。行業營利，事業造福。

a139 肥胖是恥辱，這表示消費多於生產，取多於予，虧蝕社會。

a140 不飢不渴，無病無痛，不煩不擾，有陽光，有新鮮空氣，活着便是無上的享受了。

a141 老天不惜揹費，用偌大一個天體來佈置夜空，只爲人類晚飯後片刻的賞心悅目。算來老天也是個大奢侈家，爲人類，猶之父母之爲子女，不計所費。

a142 偉大的文學必然是植根於苦難中，植根於苦難而開出理想的花。此等作者實則不得以天才稱。稱李白爲天才可，稱陶淵明爲天才總覺不妥，陶淵明不使才。

a
143
在互相殘殺中白頭同老，這不止無意義，且是反意義。在互愛中白頭偕老，這是人間至福，人間仙侶。那些人能夠成爲人間仙侶？性情相投的人。但這樣的仙侶，在人世間機率少之又少。

a
144
哲學家、科學家、文藝家得不到孤獨時，他們能做出什麼？孤獨對於凡眾是無意義的、無價值的，凡眾在孤獨中只感到寂寞與無聊。但是將孤獨給予天才呢？其意義與價值就不可計量了。

a
145
每個家庭應該就是一個人間天國，男人在家庭中，僅僅是個愚蠢的頑童罷了，這個家庭能否成爲人間天國，全繫乎這家女主人的心性與智慧。女人，在人類幸福生活中，是多麼重要的存在啊！

a146 一個人就是一大堆祕密。

a147 要先擁有自制力、克制力，纔可擁有權力；否則不陷於罪惡者幾希。要先學會自制、克制，纔可擁有科技；否則不陷於災禍者幾希。一個沒有自制力克制力的人拿着一把刀，會有什麼結果？在現代世界中，最可怕者，無如對財富無自制力克制力的資本家，彼等右手握有政治權力，左手握有尖端科技，在所謂民主體制的一切國度內，用政治權力揮動尖端科技，將世界作竭澤而漁，以增息其無節制無意義的財富。

a148 存有是一個悲情，宇宙是悲而無歸，人生也是悲而無歸，故悲劇悲音最能動人，因其觸動人根深的悲情。王充說：「悲音不共聲，皆快於耳」者是也。

a149 情感純美，便是高貴的人；情感醜惡，便是下賤的人。

a150 心地發臭，多難堪的人生啊！

a151 直身行走在時空座標上已夠悲慘了，何況是爬行？一個座標便是一個規定一個局。

a152 人雖不得好生，也該得到好死，至少最後的一口氣，也該吸的是較清潔的空氣。這是容易做得到的，明知道這個人活不了，就不必送他就醫，病院比豬圈能好得了多少？病院是人治病的所在，不是人死去的所在。讓一個人死在病院裏，這是殘酷的，這個人既不得好生，還不得好死，這不殘酷嗎？

a153 家庭本是人間天堂，若成了地獄就不值得保有了，不如拆了它！

a154 若人類史上可愛可敬的人物一時全都復活了，那不知多好？若愛護這些人的人們也一起復活，一個理想而完美的人世，應該是不難成立的。

a155 人的腳步能進也能退，這表示人生不光是要進步，也須要退步。人類文明似未曾倒退過，也許適時倒退幾步，可以避免墜落。現人類腳尖前的核能時代，顯然是使人類粉身碎骨的一個深坑。

a156 來路必然是實地，因此倒退是安全的。

a157 夾在人群中，不由自主。惟有孤獨，纔能自在行。

a158 我有惡魔般的思想，不敢表白出來，惟恐令一切自愛的人忍受不住要自殺，一刻也不願意活下去。

a159 沒有人能夠將地心翻轉出來，思想能。在人類的腦子裏，一切都轉變成了觀念，地心也是一個觀念，因此思想可輕而易舉地將它翻轉出來。

a160 一個人有千萬個世界，思想可剎那毀滅一個世界，創現另一個世界。你遇見了惡魔就沒得活，牠把你的一切世界盡行毀滅，你能活在黑漆漆的空無中嗎？幸而惡魔思想的持有者，都還是有血有肉的人類。

a161 莫鄙夷聲色犬馬，若那裏不存在着純粹而神聖的美，能那樣吸引人心嗎？才情文學就是一種珍玩，盡是天才巧慧開出的花，無比的珍貴。

a162 有才情文學，有性情文學，均是人世瓌寶，然後者尤高於前者，前者出自巧慧或天才，後者出自生命。

a163 人人都能夠乘在歌聲的翅膀上，有誰能夠騎在一道光上？騎在光上，一定會是透體通明。

a164 我帶你脫離濁世，只要你能放棄濁世。

a165 單從證明一個人的才能來說，世上沒有一件事可定是非善惡。大軍事家是天才，雖然他本身是殺人魔王。大資本家也是天才，雖然他本身是隻錢鼠。但人是能判斷是非善惡的，漫無分際地展現才能，這本身便是種邪惡。

a166 大自然即時即地都是美，這種創造真真偉大！

a167 奴隸就是自己不屬於自己，絕大多數文明人整個都是奴隸，一代代，一生下來就是奴隸，就不屬於自己，人人都是國家所有，而國家則是某一人所有，或某一家族所有，或某一小集團所有。

a168 人世增不得一分醜，而美則多多益善。但人世要增一分醜易，要增一分美難。人人都是醜的製造者，惟有文藝家纔能創造美，尤其文藝天才纔能創造超絕的美；文藝天才實在太可貴了。

a169 假令人世無文藝家，世人將在不斷劇增的醜臭中窒息而死。文藝家，尤其文藝天才，不止消除了醜，還不斷增加人世的美。只要人類能不斷產生文藝天才，人間世有一天終究會成爲一個絕對完美的世界。

a170 海跟山對話。海說你高，山說你深；海說高不可蔽，山說深不可測。海問人類喜歡誰？可喜歡深不可測？人類說人是看的動物。海跟山笑。

a171
誰不喜歡見得到內心的人，誰不畏怕見不到內心的人。人往往不止在心的周圍築起一道牆，且在身外又加了一道牆。這樣的人，令別人不得其門而入，不知是敵是友，不識是佛是魔。

a172
看見一隻蜥蜴急速跑過庭面，令我感到悲哀。人類太有福了，用不著處處警覺。小動物們時刻都在危險中，一生不曾放鬆過一秒半秒，一旦放鬆，生命就跟着結束了。

a173
惡劣的政治，使我長時間以來累積成暴躁疾憤的性格。但願我不是出生在這樣的環境裏，能過着心平氣和的生活。不平的生活，使得我的語言都冒着火。

a174
一陣風經過，大芋葉搖了起來。它爲何會搖？當然是風過。風過是搖的理由嗎？沒有人見到的所在，風會過嗎？大芋葉會搖嗎？沒有觀眾，搖給誰看？只有人所在處，風纔過，葉纔搖。

當然，沒有人處，葉色仍然是綠，卻就不美。沒有人看，葉不高興美。

a175

大晴日，冬的午後，和暖而無一絲寒意。陽光穿過林間，斜落在整大片黃鶴菜的花枝上披葉上。幸運的陽光啊，你們落在這裏成了美到無法形容的色彩；你們若錯過地球，刷過行星間，在太空中無著落，豈不等於無？你們是幸運的光。

a176

有的人將自己建築成一座堡壘，據守一方。有的人將自己建築成一個大都會，讓萬商雲集。有的人永遠不曾建築自己，或由於沒能力，或由於沒興趣，或由於根本沒這念頭。這樣的人，有似乎空氣和水，任鳥飛魚游而不覺。

a177

陽光這樣明亮，普照一切，它應該也照入了你的內心罷！你的內心世界是不是也跟眼前的世界一樣風光明媚呢？

a178 人總有些毛病，沒有毛病定是僞飾。可以說沒有毛病便不是人。孔子也有些毛病。孔門三代皆出過妻，一家之不能化，如何高談闊論化天下？可見得孔子毛病還不在少。有毛病纔是人，纔可愛。一個完全沒有毛病的人則絕對不可愛，且令人疑懼。再明講，沒有毛病就不是活人。凡活的定有病。

a179 太陽遠望是正圓，近觀則否。人亦如之，自遠距離看有完人，自近距離看則無。要求親近的人爲完人，乃是愚蠢之事，也是殘忍之事。要親近的人成爲完人，得先抽掉他的生氣，他成了一具木乃伊時，你就有了一個親密的完人了。

a180 人人一個我。

a181 一個母親，將孩子丟給別人帶養，對我來說，這是不可思議的事。若我是女人，我寧捨棄一切，我離不開孩子。

a182 人的感情，有絕對的，有相對的。世多有單戀者，這是絕對的感情。父母子女兄弟有天性，這也是絕對的感情。但絕對的感情可因長期的破壞降爲相對的感情。故人應珍惜絕對的感情，幸勿加以破壞，破壞之極，甚至父母子女成仇。愚蠢與自私，是破壞感情的二大蟊賊。

a183 沒有實地，無法落腳。

a184 忍耐爲美德，但過分的忍耐實無必要。

a185 自大者，取友必於下流，此其終必無成，且易致敗也。

a186 每一個人原都是人世的要角，只因人口多了，而顯得無關緊要，乃至成爲可有可無。其實將被視爲可有可無的人全都抽掉了，人世就歸於烏有了。這叫數域等級。時、空、數，各有域中等級。在數域等級，一個家庭中，沒有一個成員不重要；一個部落中，每一個成員仍然重要；至於一國，就不必定重要了。大數只取概數，個數可成千成萬抹煞掉。人群組織越大，一般的個人就相對顯得可有可無，個人的存在就可悲地顯得渺小了。

a 187

自然界中每一日約略有半日的黑暗。黑暗是一般動物休息時自然所給予的最周密的保護，若人在黑暗中爲非作歹，那就大大違逆自然了；反之，正當晝光鼎盛，而人卻在休息，因而全無保護，一旦出了什麼意外，自然可不負愛護不周之責。

a 188

現代人類之不幸，乃在於還沒有學會節制，便學會了科技。

a 189

天堂裏容不得有一隻蚊子。天堂裏更容不得有一滴酒。天堂裏尤其容不得一絲惡念。天堂就是一片無休止的美。

a 190 大塊的石頭老讓人覺得它在沈思，它那樣靜定地出神。

a 191 一隻蝴蝶停在一塊石頭上，我百般的莫明。那兒分明沒半滴花蜜，那兒有的只是靜定。難道翩翻一世的蝴蝶，也須吸得一點兒靜定嗎？

a 192 人生智慧始於對死亡的覺知。

a 193 見得死，方識得生。

a 194 人喜極而泣，可知喜的本質實是悲。喜是發於不幸中的幸，它的本質是悲可以確定。

a 195 站在草旁，常不自覺有巨人的快意，使人不在意植物。站在樹旁，常不自覺有侏儒的謙抑，使人尊敬起植物來。其實植物普遍的共性是正直，永遠向上向光明，即使仆倒依舊爬起，乃是這個世界可敬的高貴生類。

a196 人類的自大狂起於草原，那兒沒有山，也沒有樹。

a197 經常仰望樹冠山峯的人，不覺意氣爲之高起，胸襟自然異於常人。

a198 幾乎任何時候我都覺得置身在天堂。暖和的午後，雲氣遮蔽了日頭，僅薄如輕紗似的光熱下地來。坐在書桌旁吃小煎餅，十元錢的鎳幣大小，糝了點點黑芝麻。庭面上有粉蝶和小灰蝶飛着，內外一片安靜，遠處傳來雞啼聲，我感到極其滿意和滿足。

a199 生爲衣索比亞人而渴望天堂天國，那是合情合理的。一般地區，既已身在天堂天國，還渴望天堂天國，就不合情理了。

a200 當年的猶太人講天國是合情合理的，今日的猶太人腰纏萬貫，以色列且已復國，再講天國便是自欺而欺人了。以色列政府之狠毒好殺戮甲天下，耶和華定必大感羞愧，後悔誤取選民這多年。這有如中國漢族精神之早已東移日本而無有孑遺，釋迦的教化之早已在印度本土消失，耶穌的博愛也早已悉數輸出世界，以色列反而一絲不存了。

a201 從公平原則可以推斷一些玄理玄境。若莫札特和貝多芬能夠聽到史特拉汶斯基的春之祭，會大大嚇一跳，這是不公平的。現代任一位學者所知的智識都足以令歷史上的大哲嚇死，這是不公平的。因此從而可推知莫札特、貝多芬，或孔子、孟子，都永遠從這個世界消失了，即使有靈魂不滅，往昔的人也都早已烏有了。靈魂可以不滅，卻不可能有靈魂世界什麼的之存在；

靈魂不可能有個世界什麼的。

a202 有與無，猶之1與0，1到0之間，有一道鴻溝跨不過去。宇宙中處處留着這個創造的斷層，生物演化的斷層尤其多。

a203 貧困是罪惡，也可從對自己這一面來講。老子云：至小無內。由於貧困，住屋小，訪客來，從外面可一覽無餘，看見你在吃飯，在寫作，在抓頭皮，在抖腿腳。這一生，我掙扎不脫這種罪惡的迫害，而且越是老來越是可悲。

a204 我慶幸生爲男人，可免於太多小節的拘束。可見女人一生受了幾千幾萬甚至上億的委屈。但女人，除了她是女人，我一向沒有好感。當然這是我天生的偏見或成見，是我改不掉的乖錯。曾經仔細自檢過，瓜葛在於女人不是男人，跟我不同類，故對之懷天生的敵意。我對一般動物無天生的敵意，女人跟一般動物大不同，老跟男人在一起，因此刺激了我天生那樣的情感。

a205 一隻壁虎在瓦縫間鑽，踏下來一批砂屑，撒落在書桌上，差點兒落入我的髮際；還屙了一抔屎，正打著我的稿紙。牠高高在上，我莫奈牠何！

a206 古往今來，人人都要往，那條路上盡是單向的人群，絡繹不絕，究竟它的終點是什麼？

a207 愚蠢之病根在於迷而不覺。行不知止，是迷矣；止之，覺矣。故行事時止，可以救愚。

a208 你可能有多少成就，問你自己；你下了多少苦工夫，你自己曉得。天道沒有非份兩字。非份得之者，彈指又失之。

a209 老世代罵人最惡毒的話是：死無葬身之地。現代人已面臨人人死無葬身之地的下場。據報載，臺北市公墓已經規定一個死人僅准安靜躺四年。大概死人直接送入垃圾焚燒爐之期已不遠。人類文明的偉大成就走到了這樣的境地，人類可以休矣！

a210 「大家」或「多數」，在所謂民主體制的國度內，這是新壓制的魔語。

a211 手持一枝花或一本書，不一樣的心境。持一支劍或一支鎗呢？我們看人就看他手裏拿什麼；古人所謂操持者是也。

a212 去除了喜怒哀樂愛惡欲的七情，還剩下什麼？先切實想想，再談寂滅和涅槃。

a213 軀體兩端各出一器，頭腦與生殖器是也。老天令禽獸平脊，示二器無貴賤。獨人類令豎脊，使頭腦高高在上，生殖器卑居在下，其所以貴人者，無與倫比。乃人則有好倒立倒行者，顛倒上下，使生殖器高居絕頂上，頭腦反處最卑下，可謂賤矣。

a214 成功者是能控制自己的人。自己且控不住，還能控得住什麼？嫖、賭、飲、邪、惡、姦、險、殘、暴，所以亡身敗家，禍國殃民，皆由自己失控。大腦中樞主司自制的機構，一如肌肉，須不斷使用鍛鍊，方能發達。

a215 世間有太多沒有自制自檢能力的人，故世間多煩擾和凶禍。

a216 若你是位天使，你就有一對翅膀；若你是頭野牛，你就有一副鼻牽。

a217 各種猿猴乃是老天製作人類不滿意留下來的許多樣本，猶之畫家繪畫前打的許多素描草稿。

a218 人生的意義是實質體會，不是概念理解，故無法講說。

a219 看見一任本能生活的人，過得那樣順遂，纔明白這個世界原來是配合着本能設計的，或反過來說，本能是配合着這個世界設計的行爲程式，不由埋怨着說：聖人誤我！

a220 反抗本能是愚蠢的，卻是做爲人所必要的。

a221 人能無慾無怒，方能有罪惡免疫力。對常人而言，犯過罪惡是獲得自然免疫力的最可靠方法；猶之患過某病，對某病產生免疫一般。但一病終生免疫爲最可貴。

a222 幾個男人對女色有免疫力？一個男人要經歷多少女色方能終身

免疫？沒有經歷過女色的男人，沒有色免疫力是應該的。法朗士的泰綺思寫得精闢之至。釋迦是從深宮裏走出來的，這令他入道更容易，色免疫而外，富免疫、貴免疫、權力免疫。

a223 聖人就是對一切病免疫了的人。歷鍊多麼要緊啊！沒有歷鍊多可惋惜！

a224 一句話，一封信，可給人溫暖，不少人卻不願意給。

a225 一個著作家最厭煩的事就是寫字，他天天在寫，一輩子都在寫，難得有不寫的一天，當然會厭煩。若他回讀者的信勤而快，他是個了不起的著作家，否則讀者得原諒他。

a226 渾沌是完全的幸福，幸福抱着你。渾沌破，完全不再，是你抱着幸福，你終於抱不住它。

a227 誰有本事不承認事實？若事實可以不承認，人人眉開眼笑。

a228 資本主義是大邪惡。

a229 謹慎與自制的堤防外便是災禍，突破這堤防而出的人，沒有一個得免於難。你最好勿一意孤行，當你自認爲世間無人奈你何之時，災禍則已瞋目要撲倒你了。

a230 對自己的無知不覺恐惶，對自己的才力之小不覺悲哀，這真是個小人物。小人物做什麼都不會成功。

a231 不要自認爲氣力大，隨處都有提不起來的重物。

a232 有時人會對一切感到無味，此時最好是不要做任何事，尤其切莫聽斷或參與，緣此時心中失了平準，説得明白些，此時幾等於死人，自然難理活人的事。

a233 半親不疏的人，往往一半是友一半是敵。你幸，他既羨又妒；你不幸，他既痛又快。

a234 實際的一再逼迫，往往令人夢想脫離困境達到逼真的地步。一對老夫婦爲了一張未揭曉的彩券打起架來。偶然翻出多年前自己畫的建屋藍圖吃了一驚，我什麼時候有過三萬塊磚的閒錢？

a235 你最最不齒的是誰？我最不齒的是竊國者；竊國者集一切卑鄙於一身。

a236 老天讓人類赤裸，好任意衣著，成爲特出的生物，且使得女人有變色蟲之稱，其待人類豈不優惠？若使人類被毛覆鱗，你以爲人類會是怎樣的一種生物？

a237 世間有兩種人不能活到老年，其一是美人，其一是志士。這兩種人最好在衰老前死去。其實凡人都應在衰老前死去。在年輕力富時死去是天惠，但天惠只給予天才，凡人是無份的。

a238 若人一概在衰老前死去，人世將是一個永遠年輕的人世，世景將跟衰老人世完全異樣，有的只是美麗、活潑與珍惜；戰爭、爭奪、狡詐是想也想像不到的事。這衰老的人世，因爲衰老而充滿了惡德。

a239 人人對自己不滿，這是好的；但對生活不滿卻不是好事。

a240 朋友有互相指摘缺失的義務；若一方因此而不悅，就降他的級，不再列爲朋友數，只當相識，相識是不值得傷和氣的。

a241 人人自愛，天下太平。

a242 自己不愛自己，別人愛不了你。

a243 自然主義提倡復古，回歸野蠻。其實野蠻是不值得提倡的，無論如何，人是教養的動物。

a244 說什麼愛人世？殺戮、爭奪，幾千年沒有半點進步，人世有什麼可愛？說的也是。

a245 走到了絕路，懔然發現自己這個個體切切實實不可消融地頑固地現在着，這時惶恐的對象不是絕路，反而是自己的軀體，因此絕路處多自殺者。此中沁心的感受，非外人所能想像。

a246 時常臨着絕路的人真是悲哀。窮人幾乎每一餐都臨着絕路，怵目驚心之至。這種人生真不好堪受，幸福的人實在應多加關心，至少要多珍惜自己的幸福。吸納財富的大戶應多顧念，少吸納些錢財，讓錢泉分散給散戶，不要爲富不仁。你霸佔得愈多，別人就愈少，一人佔盡通衢大道，讓萬人臨着絕路，於心安乎？爲政者爲了把持政權，斷盡仁人志士的路頭，你以爲巴勒維的惡運不會降在你的身上嗎？

a247 革命乃是一國的潰癰。一旦統治者成了一國之癰，革命是遲早要爆發的事。

a248 老天在人類是嬰孩的時候，給了人類一些必要的玩伴：雞來報時，花來悅色怡香，星月點綴黑夜。現在人類羽翼已就，確實長大了，大概連天日都可以不要了，何況是那些玩伴？

a249 沒想到人類長大了，卻變得這樣邪惡，枉費老天白疼了人類一場。人類不邪惡嗎？人類把幼年期的玩伴，都趕盡殺絕了，連星月都遭殃。

a250
六祖慧能玩觀念遊戲，說什麼：菩提本非樹，明鏡亦非臺。本來無一物，何處著塵埃？神秀只要拿起鞭子不停地抽他，他就不敢再說這些自欺欺人的話了。本來無一物，鞭子是抽不著的。他吃了鞭子，看他痛不痛？看他是有物無物？慧能應該受鞭子的教訓。單是吃喝作息的生活，著塵埃吃鞭子是無法避免的；可是只要生活中有美感和詩意，塵埃和鞭子就著不了，這卻是實在。

a251
我們都是憑藉常識生活，事實上，如不打破常識，不超出常識，就沒有真正的生活。

a252
時常會感到心灰意冷，盼望來一次不可抵擋的大瘟疫，將人類從地球表面上消滅掉，這倒使地球乾淨了，也讓地球得救了。有了人類，終究令地球不乾不淨，令地球不得活。

a253 放眼望去，每一枝草都在開花，熱心的在粧點這個世界。

a254 一隻公雞就是一朵會自由移徙、會歌舞的花。

a255 書桌上擺着一、二十本書，若智識與智慧可以金錢計算，這一桌書所值已至無價。其實一本好書就是一個寶藏，人們雖擁有寶藏，大多少有發掘，因此一直都在鬧窮。

a256 蘭，不藉昆蟲傳播花粉，花朵碩大而美，只爲了獲得人類這知己賞識一眼，空谷千年萬載，不期一遇，猶旦暮遇之。

a257 居家行旅，幾無一日不呼喚造物者，或爲讚賞自然物之美妙，感激之不能自已；或爲冥索究竟之不解，如臨絕路之困頓；或爲出入生死之無可奈何，中慘怛而情無告。但這只是乾呼喚，造物者無形無體，無言無語，無感無應。這是人苦悶、絕望、感動時無意義的自然反應而已。

a258

當父母長輩皆已逝去，人便赤裸裸暴露在渺渺天地間，更無遮護了。老境之悲涼，莫此之甚，即使子孫繞膝，也無法一慰其涼颼颼的悲情。所謂高處不勝寒，年齡亦正如是。故老年恪佛，乃是人之常情，也不是爲了畏死，只爲須要遮護；說是人永遠長不大亦可。

a259

頂天立地，談何容易？盛年難得，衰老尤爲可貴。世之人頂不起立不直者多，故天常傾而地常陷也。

a260

一本最喜愛最常讀的書，閉起眼睛來，隨意一翻開，睜眼見是某一頁，宛如某一熟悉的人境或風景，只一睜眼就又在其中，有不可言宣的溫情與喜悅瀰漫周身。

a 261 什麼樣的書最耐讀？語錄與隨筆之外還有嗎？小說是最不耐讀的，而字數又最多，消耗作者的心力又最大，這很可惜。一部身價再高的小說，至多只耐得三讀，而語錄與隨筆則千讀萬讀無厭時。

a 262 你要別人永遠敬畏你嗎？在你周身築起高牆來，讓別人莫測你高深。若你撤了藩籬，很快便可招致輕蔑甚者是侮辱，即使你是孔子也罷。這是常人的賤性。故世俗的人，人人築高牆。

a 263 其實大部分的人不值得你把他當人看待，他本身是卑賤的，還不夠算是人，人是高貴的。敬人者人恆敬之，他不夠當人，你敬他，他回你侮辱。我一生總是誤把非人當人看待，因而天天招辱。

a 264 自左拉以來，作者們手裏拿的不再是筆而是解剖刀，血淋淋的，誰看得下滴血的字？

a 265 喬伊思是都市文學的沒落。實在説，都市文學到此時已是日暮途窮，早已被寫盡，喬伊思只好作怪，「以反人爲實而欲以勝人爲名。」（莊子天下篇評惠施語）。

a 266 艾略特是詩的門外漢，對詩的理解一塌糊塗。

a 267 我有一隻金母雞，沒有求生能力，須靠人給食，吃食足，半年可產一個金蛋，可惜飼料難繼。焦急着看牠一年年老去，等到我有充足飼料供給，牠怕已老得不能生蛋了，這多可惜！

a 268 砂地上一隻蟻獅掘出了一個砂漏斗，等待螞蟻跌入，不經心踩了個正著。一隻蜘蛛在屋角邊罣了一張網，網了我一臉，一氣忿將牠掐死了。此等事本不在蟻獅和蜘蛛的預期內，卻包在預期外。人生亦如是，總不知預期外包着什麼。

a269 絕世佳人難得，有幾分姿色者隨處可見——幸而有此，人世間方得免於一般醜惡。人生各方面亦如是，僅得免於無味而已。

a270 現代女人的裝束，內中有什麼，惟恐人不知，大似暴發戶。

a271 太陽光熱齊給，要光就得承受得起熱。

a272 多數人只爲自己，農人出穀，工人出器，商人通貨，士人出智，都是爲一己謀生活，算不得是貢獻人群社會。貢獻者必然是不爲一己謀生活，故常窮困潦倒。另有劫掠蛀蝕人群的賊與蠹，統治者與投機者是也。這些人，使士、農、工、商所出不得其值，陷於窮困；使貢獻者窮困而死。欲求人人各得其所，第一須除去統治者與投機者，第二須平貢獻者的值。

a273 世景的變遷，使後世沒有了晨鐘暮鼓，怪不得後世人迷陷日深，以至於陸沈了。若世景轉得回去，人世或許可從深坑下再度升起，重見天日。其實人世自來便在深坑下，從未浮出過。人類乃是天黑之後誕生的，這個黑夜出奇地長，目前剛到二更天，世界正向更黑暗中轉去，東方一直望不出半絲黎明的跡象，距離日出還很遙遠。

a274 黑色的太陽是個可笑不通的詞眼，可是貪婪卻正是統治人世的黑色的太陽。只要貪婪一直統治着人世，人世永遠也不會有黎明，更不會有白晝。

a275 這個世界必將在貪婪中滅亡。沒有什麼可以救治貪婪，只有滅亡纔可能救治它，而滅亡則什麼也沒有了。

a276 認輸是人最後的涵養，沒有這個涵養是禍根。

a
277
佛與莊子教人破一切執著，這是錯誤的。有正面的執著，有負面的執著，正面的執著是真實的人生，負面的執著是錯誤的人生。負面的執著該破，正面的執著不該破，破除了正面的執著就不成其爲人生了。其實人世的病根只在於貪婪與愚蠢。非分與事理不明，這纔是人世的病竈。要破就只破這兩目，破除了這兩目，人生再無陰翳了，儘管去執著，去執著於對父母兄弟妻子朋友的愛去罷，有能力者民胞物與，儘管去愛你的所愛：去愛真理，爲真理殉死去罷；去愛戀人，爲戀人殉死去罷；去愛你的生地，爲生地殉死去罷；去愛你的新筆或舊筆，爲了維護它，跟別人打一架去罷；那就是人生，有血有淚的人生，這纔是人生啊，否定人生就不是人生了。

a
278
最理想的天氣是上午大晴，下午陰，夜間下雨。這樣的日子我經歷過不少，在世界上天氣最美的南臺灣。

a
279

聖人的境界是從心所欲，即爲所欲爲。可見爲所欲爲是人類共同追求的最後目標，這也就是現代人慣說的絕對自由。有限制有條件的自由算得是自由嗎？當然算不得是自由。凡自由必定是絕對的。聖人是將自己納在一定的規範中，行之數十年，習以爲常，就像盲人在自己的家中，熟習每一寸地板，每一寸空間，橫衝直撞，無慮碰跌，因而在家中歡呼：啊，我沒有瞎眼！我沒有瞎眼！他果真沒有瞎眼嗎？一出到外面來呢？能夠不跌倒喪命嗎？聖人的境界原來是盲人家居的境界，這樣的爲所欲爲是悲哀的。諸君啊，請聽孤獨者宣示一個真正的絕對自由罷！世上只有孤獨者纔享有這樣寶貴的自由：爲所欲爲。聰明的你，明白了罷，孤獨就是絕對自由。

a
280

孤獨的範疇裏，沒有傷害，既無人傷害你，也無人供你傷害。在群體中，緘默是一半的孤獨，或更是完全的孤獨。你若不想傷害別人或不想受人傷害，你就緘默罷。緘默不至於令人窒息，人另有耳目可以如意呼吸。

a281 鬪士不可以孤獨，不可以緘默。

a282 孤獨者未必不是熱腸人，卻一定是冷眼人。

a283 太陽是孤獨的，卻向四面八方散發光熱。

a284 若太陽與行星即而不離，行星早燒焦成灰了。偉大者自有不得不孤獨之勢。

a285 黨字底下一個黑，這是彼此影子覆疊之故。因此，要見光明就不得不孤獨。

a286 兩年的時間可以做很多事，專心致志，足可以完成一篇狹義相對論。五年是一個極限，足可以打穿地球。五年無成，可以休矣。

a287 直到二十世紀的現代，人類普遍還只是聰明的兩腳獸而已。人們以利害一致來結盟，以利害不一致來對敵。政治是最大的一個利害結盟，這個結盟體成金字塔狀，集合了一國中一切卑鄙的人們締成，而越是卑鄙者越是居上位，最卑鄙的一個則居最上位。我極端不齒這一結盟體中的任一人，尤其最不齒居頂端的那一個。

a288 一個人置生死於不顧時，誰也奈何不了他。這樣的人，可以手刃竊國役民的國賊，這國賊手上雖即握有百萬重兵也無法自衞；可以手刃以污染國土危害國民致富的國賊，這國賊手上雖即握有億萬能使鬼推磨的臭錢也不能自保。

a289 不是熱血沸騰就不是青年人。不是青年人就做不了轟轟烈烈的大事業。

a290 有些事很難想像，所謂隔行如隔山，人心亦如是。以最卑鄙的手段統治一個島嶼四十年，壓榨千萬人口，貪求無厭，至不惜與建核電廠，不顧全體住民的生命與將來，只爲一座核電廠的回扣與中間利益高到數億美元，這樣的狼心狗肺，無論如何無法想像。

a291 心性善良的人各自守分生活，心性卑鄙的人則合夥劫掠。團結就是力量，這是卑鄙統治所以可能的依據。善良的人不應該再各安其分了，應該團結起來撲滅邪惡。

a292 惡人應該受惡報，但誰是這報應的執行者？善良的人只會忍受欺凌，因爲心性善良當不了劊子手，因之惡人不會有惡報。

a 293 越出時間的成就謂之不朽。

a 294 沒有第三者，這就是母親。她愛他，可不許別人也愛他；她恨他，可不許別人也恨他。

a 295 人在飽暖之後，開始另一層的飢寒，即對真善美的渴求。若飽暖之後沒有這一整層面的飢寒，這個人便算不得是人了，只算得是幸福的獸。但多數人卻變成了不幸的魔，連幸福的獸的生活也未保住。

a 296 最有智慧的人耗去了半生纔看見自己，又耗去了半生纔認識自己，而後在宇宙的大謎中惶惑地死去。

a 297 聽見成年女音合唱聖母頌，或聽見青壯年人合唸佛經，就洩氣，滿身是慾，這些人。聖母頌合十歲以下的小女孩來唱。佛經合七十歲，最好是八十歲以上的老人來唸。

a298 飢餓是使人類退回動物的最短管道，可是懦弱的人不可能退成勇猛的獸——野獸，只能退成馴獸，最後是膽怯地餓死。

a299 雞㙡暴出陰濕的地面，木耳綴滿枯枝，除了供人類吃食之外，看不出有什麼作用。整個世界都繫在人類的身上。

a300 一味在尋思，摘不盡的思果，伸不出多餘的手來採摘雞㙡和木耳，來彈拂一桌子的落塵，幾乎一切生事都廢了。這表示飢餓尚未啃嚙生命，Thales 還能過 Thales 的生活，這是幸福的——感謝島上同胞勤苦的賜予。

a301 烈日如火，只要拉上一片雲做幕就會涼快些。是的，只要拉上一片雲做幕。對於窮困的人，日常需用品無一不是天上的雲。

a 302 世間誰撒謊撒得最多最徹底？現代政府。現代政府以撒謊爲業，是世上最大的騙子，厚臉皮昧良心到了無廉恥的地步。孔子說：民無信不立。現代政府因之都不能維持長久，因爲百姓不信任它。

a 303 我什麼都可以跟別人公共，只有書不能，書是我甜蜜的戀人。

a 304 直覺是一種可貴的能力，一切真實都得靠直覺纔能切感。但死也靠直覺來切感，半夜裏一覺乍醒，往往直覺到死，沁得我全身冷。白天裏很少能有這個人生終極的不幸直覺，算得是不幸中的大幸。若整日都有這能力，如何活得下去。可是這個不幸的直覺卻又是無邊智慧的來源。

a 305 當世間有惡人存在着的時候，善人不能白死。

a306 爲了活下去而工作，再怎樣合意的工作都是苦刑。

a307 老天給人類百年的壽命，我以爲給得太長，這使得人類忘記人會死，因而貪聚無厭，造成太多的罪惡。若老天只給人三十年的大限，罪惡即使不能完全消除，也可消除泰半。

a308 根本沒有時間這東西，世界只有存在不存在。存在，人們謂之現在，過去與未來則在人類的腦中；記憶謂之過去，空白謂之未來。

a309 多數人被少數人壓榨，永遠這個樣子，這是人類的歷史。

a310 憂鬱與悲涼，時時來襲懷。

a311 一個人真心想成爲人，一定得從溫室裏走出來，讓自己暴露在外。害怕一步踏出去，或許跌落深坑，那樣的話，就一直站在那兒不能動彈。過分愛護自己，終究讓自己變成一根柱子，樹木有根，柱子連根也沒有，如何吸取得生命的活泉？走出溫室，大步踏出去罷，莫害怕自己罹受災禍，莫躭心自己陷入罪惡，災禍與罪惡將把你鍛鍊成金剛不壞身。沒有經歷鍛鍊，你至多只是一塊生鐵，脆弱不堪，永遠成不了大器。

a312 每個人多少都有些別人看不慣的短處，撇開這些短處不看，世間無一人看來不可愛；但心性邪惡者另當別論。

a313 快樂是難事，看見別人那麼容易快樂，令我迷惑。

a314 人世沒有浮力，只一味沈重，有似乎弱水，連羽毛都下沈。

a315 年輕人生活在夢中，老年人生活在現實中，中年人生活在夢與現實之間。

a316 兩種人可畏：一是思想家，一是實行家。其他的人，或可愛，或可惡，或可厭。這是人生全部。

a317 在事業上，年輕人應懷抱非分之想；安分不足以有爲。

a318 年輕人寧頭破血流，寧一敗塗地，不求平安度日；求平安度日是老年人無可奈何而受的委屈。

a319 詩歌押韻，是語言華麗的打扮。試想像，一串語音，沒有彩色，沒有滋味，沒有香氣，素樸得近乎單調，如何去打扮它？然而人類竟然也有法子將它打扮起來，人類真是種愛美的生物。

a320 最難看可怕的蛆或毛毛蟲，終究會羽化成爲美麗的生物，人類自然不能老是條沒華彩的裸蟲。人類連說話都要有華彩，詩歌是也。

a321 蚯蚓道地是土壤的改良者，老藏在地裏，不出來見人，也就沒必要變成美麗的生物。

a322 植物比動物更懂得什麼是美；美是先天的智識，植物表現得最爲明白。

a323 蛞蝓、蝸牛、馬蟥，因牠們身上的黏液，令人厭嫌之至，其實仔細觀看，牠們生得也頗爲好看。凡不好看的生物，除非藏着永不見人，一定會羽化成爲美麗的生物。這個世界沒有見不得人的生物。

a324 誰有這樣大的能耐創造這樣多的美？認識這世界整體都是美的人，誰還敢作齷齪？

a325 凡是自然界所無的物質，都是有問題的，故老天不造它。凡是自然界所無的生物，也是有問題的，故老天不造牠。

a326 老天創造之意顯見出於愛物，計之十分周詳。人類創造之意則出於貪婪與愚蠢，是以全無計慮。

a327 不是愚蠢的人，不會發明機關鎗，人心再惡惡不到這個地步。愚蠢比惡還惡，惡做不到的惡，愚蠢做得到。發明核子彈的人比發明原子彈的人更愚蠢更兇惡。

a328 生存的意義在於年輕與美麗。試將生存的意義附在老與醜上，可能附得著嗎？

a329 人是動物，不是植物，龐培城埋在火山爆發物下，錯在人，不在天。

a330 一般動物很少殘殺同類。交配後母蜘蛛吃掉公蜘蛛，那是食物難得，公蜘蛛已完成了任務而母蜘蛛正需要更多滋養以待產，這是兩性爲下一代做的最完密的合作。公鱷魚吃掉幼鱷魚，因牠太愚蠢，認不得幼鱷魚是同類，以爲那是蜥蜴；壁虎也有這一類的愚蠢。

a331 人類是好殘殺同類的惟一物種，是生物界最兇殘的異類。而統治者一向是這個兇殘生物的代表，尤其猙獰可怕。做爲群體生物，人類大不如蜂蟻，連草木都不如。

a332 人類一旦從一隻人提升爲一個人，便轉換成另一副生命，幾乎就是撫愛大地的神了。可惜歷代以來只有少數提升了轉換了，大多數依然停滯不進。

a333 這個世界正等待着人的誕生。

a334 肉體是供精神活動的工具，它爲你流汗甚至流血，你走向邪惡的路，就孤負了肉體了。即使可以孤負別人，千萬不能孤負自己。

a335 說你是孬種，不敢去頂千斤落石的人，是居心不良。你去頂，是有頭無腦。

a336 設法打開生命中的美感和愛心，否則人生是地獄。

a337 我說：造物者若只造到猿猴，這個地球真是伊甸園，一個永恆的伊甸園。徐仁修先生接下去說：人類的出現，是地球冒出癌組織。

a338 從本質上說，人人都是絕對自由者。不透過一個人自己的意志，誰也無法驅策他。

a339 從人會犯罪會不道德來看，不承認人有絕對自由是不可能的。若老天沒有賦給人以絕對自由，犯罪和不道德是不可能的，因爲老天同時也賦給人以德性。

a340 人人都是萬夫不當的勇士，一旦意志充滿。愛恨之極，義理之極，逼迫之極，皆可令意志充滿。

a341 人，物質的貧乏遠不及精神的貧乏多。一個真有心做人的人，吃飽飯後每感到空虛。

a342 歷代偉大的心靈，是各該時代的熟果。計數起來，自古及今，人類這棵樹結的果實，熟的也並不多。誰是這棵果樹的採收者？老天？

a343 莊子哲學的主眼之一渾沌，確是幸福境界。但人世必定要打破渾沌乃是注定的，如真善美與僞惡醜的顯明對立，便不是任何力量所能阻抑。當然渾沌一經打破，幸福也隨之被打破了，這是莫可奈何的事。但儘管人世在某些方面無可避免地打破了渾沌，人生卻仍多的是曠古未闢的渾沌面，這渾沌面有如地球表面的原始洪荒，仍佔着人生的絕大面積，人還能活下去，而且活得還算不失其幸福，便是還保有這絕大面積的渾沌的緣故。

a344 有一個人跟杞人說，說不定那一天天會塌下來。於是杞人憂起天來，終身危懼。一個沒有任何概念的人世多麼幸福啊！鑿破渾沌是多大的罪惡！孤獨者啊，你爲何一定要孤獨？因爲世人多的是鑿破渾沌的劊子手。爲了保有自己的原始幸福，孤獨者啊，你避人惟恐不遠？

a345 鑿破了渾沌，再想法來自解，釋迦和耶穌，真有這等能力嗎？

a346 宗門雜錄捏造一則故事，說：大梵天王獻金色波羅花，捨身爲佛床座，請佛說法。佛登座，拈花示衆。衆皆驚駭（見佛坐在梵王身上），獨有金色頭陀破顏微笑。每聽見人說拈花微笑這四字，就想作嘔。以人身爲床座已夠殘酷，截了花莖，斷了花的水分，無異扼人喉管，還能拈着示衆說「吾有正法眼藏涅槃妙心，實相無相，分付摩訶迦葉」這等沒頭腦的話？

a347 年輕人的愛，是美，沒有別的。老年人的愛，是善，也沒有別的。小孩子的愛，是真，也沒有別的。若有人說還有別的什麼，那就汚瀆了這些愛了。

a348 羞恥心是人的一項特徵。禽獸沒有羞恥心，人若沒有羞恥心便不是人了。

a349 由羞恥心，可看出人另有來歷，非出於偶然。西洋宗教以爲人是肖神而造，這種説法，很接近真實。只有人類纔會本能地自認自己是完美的，認肉體只是精神的工具，而羞於暴露；肉體的交接尤爲下作，故尤羞於被撞見；而不道德、不智，皆因暴露了其人的不完美而被引爲羞恥。當然羞恥心亦可因特殊環境而泯滅。野蠻人雖袒裼裸裎，被注視則反身自掩。文明人反有暴露狂，特殊環境使然。

a350 太陽由東方向中天升起時，沒有人會有厭倦感。朝日確有一股神祕的力量。在月光下，人會有平靜感，這也是一種自然力的感應。自然力幾乎時時在感應一切生物。

a351 發現世界是一個虛懸的星球（地球），應該會令人類的觀念大大改觀，而事實則全然沒有，人類依然在蝸牛角上你爭我奪，一切罪行罪惡依舊沒有消滅。到底怎樣的世界纔能令人類揚棄罪惡？天堂能令人類揚棄罪惡嗎？只怕也不奏效。

a352 人類是世界的恥辱。

a353 一隻螞蟻在地面上踽踽行走，一幅淒涼景。

a354 我知道自己是什麼？多麼卑微的生物啊！

a355 偉大心靈一如擎天巨人，常人相形之下一如童話中的大拇指，只能看見這巨人的腳板，永遠看不見他的頭和臉。

a356 一般人普遍都賤視自己，故少能自愛。

a357 要做一個被別人尊重被自己尊重的人，確實不容易。這個人必須有永遠堅持有所爲有所不爲的毅力纔行。

a358 一棵不時移栽的樹，終必活不成，遑論長成巨木？一個沒有毅力的人，無異一棵不時移栽的樹。常人都是這樣的樹，沒有生長力，求生而已。

a359 要知人世的醜陋，看歷史；要知人世的美好，看文藝；要知人世的智慧，看學術；要知人世的愚蠢，看宗教；要知人世的無聊，看世俗；看了世俗，你會唾棄人生。

a360 有個理學家的門徒從街上回來，講了一句白癡講的話，他說：滿街子都是聖人。我說：滿街子都是賊。

a361 這個理學家幫太監擊平革命軍，維持昏天黑地的腐政，終至使明朝覆亡了。不知道這是什麼白癡學問？原來有這樣的白癡先生，無怪會出那樣的白癡學生。清朝也出了一個這樣的蠢貨，縱兵士姦掠，擊平了太平天國。

a 362

不少人天生賤骨頭，不能消受幸福的生活，把家庭攪得天翻地覆。

a 363

聽巴洛克、古典這二期的音樂，很快就覺得厭倦，原因是缺欠人體的體溫。浪漫音樂最低也有三十六度半，高者達四十一度，這纔是人的音樂；人有健康的快樂、奮發，也有疾病的苦痛與頹喪。

a 364

史賓格勒認爲古典音樂是音樂達到物極必反的頂峯，已暗含衰敗的因子，不如巴洛克音樂的健全，而浪漫音樂是音樂的衰敗與沒落。不錯，浪漫音樂有不少是超過了三十七度。

a365 本世紀前半還有健全的音樂，下半世紀連嘔吐也入樂，音樂已成了音樂垃圾堆；文學、藝術也與之同步。二十世紀下半世紀文藝界已成了藏汚納穢的垃圾場，盡是清道夫在出入。

a366 貧窮確是罪惡，窮人被認定是賊。這使窮人與富人對待關係面臨困難。窮人不論主動被動與富人沾惹關係，都一例被疑被鄙視；循致問題推演到富人家有急難，窮人都不好插手，即使富人家失火或落水，窮人都不便走救，否則往後的日子，彼此都不好過。鰥夫寡婦對有夫之婦、有婦之夫，也有同類困難。一個鰥夫最好不要常到有妻室的朋友家走動，寡婦情形亦同。鰥夫寡婦被認定是性飢渴，因而也成了罪人，受人人格侮辱。老人對年輕異性不幸也有這一類認定，循致老人對少艾只能扳起面孔，不好有善意的關照，否則命運悲慘，對方認其爲老不修，在覬覦自己。由於實際人生的不完整，就得蒙受人格傷害。但貧窮可以改觀，鰥寡可以再婚，年老卻不可以改變，幸而大限已屆，死亡是自然的救濟。

a367 人生逼迫，令這些不幸的人不得不澆熄腸中的熱——人類愛之火。

a368 怪不得人世冷漠，世間有幾個人幸而夠格當熱腸人？

a369 老天賦人一顆爐心熱烈烈，人卻不得不給自己另換裝一顆冰心冷到底。

a370 前人有句云：暴富貧兒休說夢，誰家竈裏火無煙？只爲僅僅乍擁有一丁點兒的福，便認定別人都是可憐兮兮的飢渴者。有福的人啊，你們把福轉成罪啦！

a371 人一生成敗，全繫乎其人之優缺點，環境莫奈他何。

a372 永遠是現在，謂之不朽。

a373 誤會十之八九出於聰明有障礙，也就是腦筋不好；明理的人不容易誤會別人，除非條件過分齊全，也就是太巧合，但還是屬於失察。

a374 笑未必是真快樂，笑聲剛落，內心往往是一片空虛。

a375 恨終究得不到快樂，愛是快樂的不二法門。恨是鬱積，愛是宣洩。

a376 胸襟總該放開闊些；如同窗戶打開闊些，屋裏將更明亮更通風。

a377 懲惡與報仇乃是兩回事，前者嚴肅而無發洩，後者發洩而不嚴肅。

a378 除了自衞與除惡，人沒有殺人的充足理由，換句話說，爲了自衞爲了除惡，人就有充足的理由去殺人。

a379 看見明亮的陽光就想蹦出去。人會不會是乘着陽光下地來的精靈？

a380 強人或有幸福，女強人必無幸福。

a381 女人絕對不是強者，有一絲強者態，便不再是女人了。

a382 沒有反省能力的男人，不能自制的男人，是破鞋一隻，不值得女人去保有。

a383 對大自然的美與真實感激之不已，纔恍然覺悟地球原來就是個仙境。

a384 真令人喜；美令人悲。

a385 自群體來看，孤獨者是可悲的怪物，懷着不合當世的價值觀念與行爲規範，終究令他入不了群；即使有心努力，終歸是徒勞。他無法與世取得接觸，纔一接觸，便立即短路，燒痛自己，也灼傷別人。他只好掉頭而去，不論他內心裏哀傷不哀傷，他不得不就這樣遠離群體，成爲一個孤獨者，隨着歲月向前進，終至走出人世的邊界。「君其涉於江而浮於海，望之而不見其崖，愈往而不知其所窮，送君者皆自崖而返，君自此遠矣。」（莊子山木篇）這是孤獨者的命運。

a386 智慧越高，對死亡的覺察越早；沒有智慧也就沒有覺察。人覺察了死亡，就會從有限中覺醒過來，轉注無限。

a387 要知道自己是否有智慧，請檢查看，看你自己是否已經覺察到死亡，從有限中醒轉？

a388 活到五十、六十、七十、八十，仍一味在有限中打轉，沈迷財貨權位，這是絕無智慧的凡愚，死亡正冷眼在一旁看着他，而投以一絲輕蔑與哀憫混合的眼光。

a389 好好的一個伊甸園，給這些無智慧的人擾亂成了地獄，枉費。

a390 真正渴求金錢渴求到熱狂地步的並不是窮人，而是富人；這真是個怪現象。若金錢會坐轎子，拚着老命，駝背彎腰，胼手胝足，汗流浹背，替金錢擡轎子的可憐轎夫，定全是富人。這些塵世上的苦命人，連在睡夢中都還在替金錢擡轎，而盜汗達旦。

a391 人極不容易完全長大，人完全長大了便成魔。要知道自己有無完全長大，很簡單，看看自己走路時是否還唱歌或吹口哨，若走路不再唱歌吹口哨，這便充分證明已經完全長大了，亦即不幸已變成了魔。人所以難於變成魔，只在內裏有顆赤子之心。有顆赤子之心，就不會是魔。

a392 人天生有三不平等：智愚之不平等，美醜之不平等，強弱之不平等。

a393 人天生有三不自由：身的不自由，食的不自由，色的不自由。人一生受此三者的支配。色的不自由可於老年獲得解除，餘二者無所逃於天地之間。

a394 一生都活在理想中的人，是一支不墜之矢，地心引力吸它不落。即使形質銷亡，運動永遠存在，在宇宙中依舊向前推進。

a395 人總是人。

a396 一個偉大的作家，不是不朽的作品他寫不出來。

a397 你心靈中不是固有，如何能悟？你心靈中不是固有，如何能起共鳴？

a398 理想主義者，很少不是孤獨的。

a399 孤獨者發展到不是現人類，不孤獨焉可得？

a400 不是一身輕，全無負荷，如何能飛？蜂蝶與鳥，是具備了這個條件，纔生出了羽翼。詩人的想像，哲人的思惟，隱者的灑脫，何嘗不如是！

B

卷

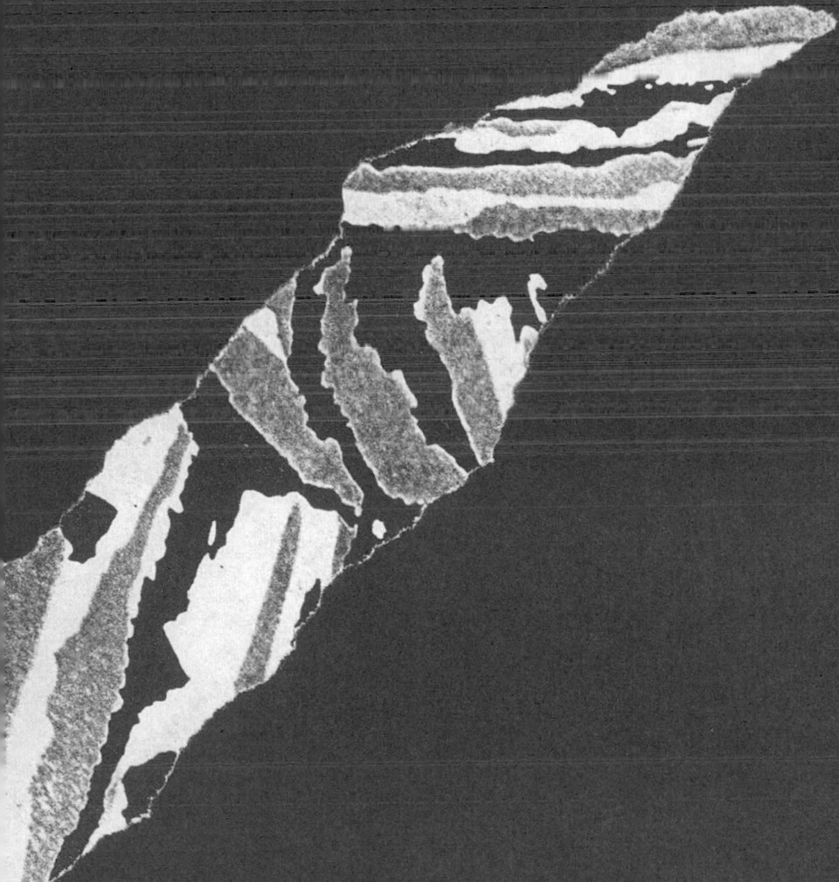

b1 霧裏看花，月下看女人，看得不真切是好的；看得真切了，什麼都失望了。

b2 盲人說：我，人還沒死，便先入了地獄，不見天日。天生而盲者說：我是出生在地獄。見得天日，便是天堂。

b3 做個第三者也許被認爲是不幸，其實惟有第三者纔是幸福的生物。所謂第三者，也就是不入，也就是外於。

b4 第三者就是孤獨者。

b5 我想很多人都會感慨地說，他這一生是失敗的，如有再生活一次的機會，他必將避開故轍。我也想跟自己鄭重地這樣說。

b6 愚蠢經常隨伴着邪惡。

b7 知（智）令人敬，而情令人應。

b8 朽就是拋出了時間外。

b9 這個世界的精粹是什麼？是美。沒有美的眼光的人，生活在世界的糟粕裏。

b10 一旦男女真的平等了，男人就不再是男人了，而且不幸的是女人也不再是女人了，兩方都成了被閹割的生物，將不再有生殖能力。

b11 畫垃圾，技藝越高，畫出來的也越髒。

b12 古董商拍賣的是時間，未必是藝術。當然，單是時間便值得收藏家去收藏了。

b13 人世能致太平與否，全看母親。人之初，端在母教。婦女都走出了家庭，人世就崩潰了。

b14 母親們回家來罷！一株幼苗沒有雨露不斷滋養就無法長大，一個孩子不是有母愛與母教一刻不離地灌注，即使長大了，知道將成為什麼？生育他而不在他生命中植以愛與做人的根基，你到底是要飼養一隻野獸或是一隻惡魔？你送野獸或惡魔給社會，於心何忍？別人送的是有用之才，你送的是禍害之物，豈不汗顏？要求你的丈夫負起主外的全部責任，讓你好好兒負起主內的責任罷！減少不必要的慾望，自可節省開支。如此而仍感匱乏，選舉時就不投執政黨的票，讓它垮臺。讓一個男人養不了家，這是什麼國家？什麼政府？

b15 關心個人利益有兩種類型：一現世利益，二來世利益。動機同出於生存本能，層次很低。

b16 醜就是髒。

b17 米問真珠：爲什麼你比我貴？真珠說：人不是單有一個肉體的動物。米點頭說：知道了。

b18 這花很美！是的。不要摘！它早晚還是要萎謝。就讓它自然萎謝罷，人類不夠那樣偉大到可以摘花，宇宙間沒有任何生命夠偉大到可以摘花，包括造物主在內。

b19 打算再讀的書，最好不要劃線做記認，下一次讀它，纔還像一本新書。

b20 人類不能在精神境地上開拓一無窮的空間，則物質生活滿足之日，也正是人類窒悶而死之期。

b21 由唯美者來看，醜就是髒，這是極可悲的判斷。一切醜，唯美者碰都不願意碰一下。

b22 有些事，無法按照道理做，這就是人生；換言之，人生是悲劇。

b23 詩人，一個處處看見美的人。

b24 你孤獨，這表示你不屈。

b25 因爲屢次講實話而丟盡了原可能成爲朋友的許多人，終於落得孤獨；孤獨是這樣來的。

b26 待人接物有藝術，這種藝術不要也罷！

b27 地獄是天堂的唯一門路。

b28 吃苦是成功的祕訣。

b29 你得感恩，休要在地面以外再妄求天堂。

b30 讓一個聰明無礙的人盲聾個一年，再恢復他的聰明，將不會在地面以外再妄想天堂了。天生聾盲的人，一旦獲得聰明，將即刻認出這個地面便是天堂。

b31 人類持有兩樣可貴的情感，同情與感謝是也。沒有這兩樣感情，算得是人嗎？

b32 世間有太多的人，天資爲上材，而性格則爲下材，則終爲下材而已。

b33 除了小孩子，只有俳優纔能博得人人喜歡。

b34 女人的溫柔是這個宇宙的瓌寶之一，若要選取這個宇宙中的瓌寶的話。

b35 叔向見韓宣子，韓宣子憂貧，叔向賀之。在生物邏輯轄管域內，這真是個異層次的廻降，將這世界屈一指勾起。若更有逢人臨死而賀之者，這將是又一異層次的廻降，將存有界另屈一指全部勾起也。

b36 不會幻想的人是悲哀的，這個人老著在地。太多幻想的人也是悲哀的，這個人老不著地。

b37 片面之詞不可聽，人人知之，人人聽之。

b38 居高必然臨下。

b39 人類一向無視植物生命，吃素説是不殺生。

b40 人類欠植物多少恩？活命的糧，救命的藥。

b41 對無可奈何的事，人有兩種相反的反應，有的人感受到悲哀，有的人感受到憤怒。柴可夫斯基的音樂，聽不到憤怒，有之是悲哀；貝多芬的音樂，聽不到悲哀，有之是憤怒。日耳曼人似乎是將無可奈何的事，作憤怒反應的民族。

b42 貝多芬的D大調小提琴協奏曲，是偉大的平靜心境；也惟有命運交響曲、合唱交響曲的同一作者，方能平靜到這樣偉大的情境。此曲是憤怒的昇華。

b43
一部機器，以最賤價的動能，產出最高價的效能，耗去一百元一加侖的汽油，生產價值數千元的產品。一個人若全無作爲，豈不成了一部要不得的惡機器，將高價的牛排、豬排、雞腿來製造成低價的屎尿？這樣的惡機器，有必要讓它繼續運轉嗎？

b44
宇宙有限，人智無限。你不知未來人類智能將發展到何等地步？到時或許將證明人類原來即是造物主本身。造物主創造了這個宇宙世界之後，降生爲人類，繼續其另一形態的創造。

b45
花，一般除了形色之美外，還發散芳香的氣息，二者一致於人類的視覺與嗅覺的喜好。倘若花色美而氣臭，對於人類將成爲怎樣的情景？而蜂蝶的視覺與嗅覺又一致於人類，這些都是巧合嗎？是進化的結果嗎？

b46 我們常常譏笑別人做白日夢，其實沒有夢，還是人生嗎？

b47 每結識一個新朋友，即第一次會見一個生人時，我總是自感不如人而覺得慚愧。

b48 若你形象太好，應設法自損，甚至自污。

b49 老天給人一對眼睛，你是怎樣使用它？

b50 等你生病了，要死了，你就會猛然自覺到自己原來是孤獨者，父母子女兄弟夫妻朋友，一切人都入不了你的生命。

b51 俗人天生薄福，這麼一個富麗的世界，僅找到幾個銅板。

b52 一味地退，還是礙着人，要直到退出人生，纔不再礙人。因此，只要活着，便別埋怨人世苛虐。

b53 什麼佛？你修得開眼看去，無一處不美，無一時不美，無一物不美，你何止是佛！

b54 得永生不容易，據説除了人類，其他動物只有覺魂，沒有靈魂，不可能有永生。若你心愛的那隻狗得不到永生，若天堂裏除了人類，沒有其他生物，沒有草木花卉和昆蟲鳥獸，這樣的天堂不正是生態破壞淨盡後的地球的寫照？豈不十分荒涼？這樣的天堂值得你去永生嗎？其實地面正就是建設中待完成的天堂。

b55 人類一出生便嚎啕大哭，其他物類無一如此。這表示着什麼樣的信息呢？這表示人類確是萬物之靈，跟萬物不同一列，在造物主的心中佔着一個獨特的地位。其次這顯示人一落地，便自知不是神仙——其實他在胎中便早已認識到這一層事實，只是在羊水和胞衣中無法放聲大哭，因此他一出來便嚎啕大哭，爲了他預知人生充斥着不幸，而且有疾病、衰老與死亡。他，也許就是天上神仙的謫降。

b56 月信也是人類所獨有，這裏面又有着什麼樣的信息在呢？你能高談進化，而否認人類是造物主的掌上明珠嗎？

b57 人人都愛聽別人的讚美，究竟有幾個人是美人？

b58 小提琴曲我最喜愛者是薩拉沙提的流浪者之歌；生命本是吉布賽風，駐不下來。

b59 人好命之後，首先退化者爲腦。故科技進步到某程度之後，人類的頭部將萎縮變小。

b60 喬伊思死得嫌早些，讓他再多活一些日子，定會牽動絕妙的靈感，用一千頁的篇幅來描寫五分鐘的性交媾。讓他多活一、二十年，福克納就撿不到諾貝爾獎了。諾貝爾獎評審委員會會隨時代進步，須獎給喬伊思。喬伊思的攸里西斯是狗屎，福克納的聲音與憤怒是牛糞。自以爲這類創作是奇貨可居，不知乃是人棄我取，卑陋之至。抹煞了人類的高貴精神，不可能寫得出美來。

b61 蒙起眼睛，向一個靶瞎射一萬支箭，總有數百支中的。尼采的警句便是這樣產生的——他應該睜開眼睛來發射，以免多勞九千多支的廢箭。我是極端忍耐着讀完他歡悅的智慧和查拉圖斯特拉如是說等書的。他這樣濫發，無怪後來發了瘋。

b62 「牛愛着自己的軛，而認林間麋鹿爲迷途浪子。」一個心性樸實的人，再怎樣無心，也不會寫出這樣冷酷的話。吉卜蘭乃是思想社會中的紈袴子弟，他連牛都不曾見過。《先知》是一本虛華的語集。

b63 人一旦覺得生活滿意幸福了——這表示這個人的人生業已完成，這個人大概只能再活一兩年，於是癌就發生了。

b64 一切宗教，只對頭腦憑藉不足者有效。

b65 你會不會撒謊？會。什麼時候？爲了達到美好的目的的時候。

b66 人似乎可有五種方式好用來過活：當一個人，當一隻人，當一尊人，當一株人，當一塊人。

b67 一個正常男人，面對年輕女體而不動慾念，除非這個女體是完美的藝術，除非如此——因爲美，超越乎一切：超越乎惡，超越乎善，超越乎一切現實與事實，本能對它也顯得無力。

b68 男歡女愛，方其溺也，死猶不足以分離之，責其自拔，除非抽掉其性腺。

b69 男人不肯當男人，女人不肯當女人，這是妖孽的時代。

b70 儉身尤重於儉財。健康就是財富，但健康是不能揮霍的財富。

b71 青春是無上的財富，因此年輕人個個都是大富翁；但揮霍青春是最深的墮落。

b72 走入大眾中，你將失去姓名。

b73 用文明人的觀點來看，萬物中誰最謙卑？當然無如水，水永遠就下。水還有文明人所崇仰的另一美德，那就是平等。每一水分子永遠努力就下，不願意高人一等，終致下層先被佔滿，後來者不得不居上，形成一個絕對的平面。人有水這兩項美德，人世即日太平。

b74 詩人在路邊看見一枝草向他招手，他俯下身去說：你給了我一抹醒目的顏色，一絲清心的空氣，而我什麼也未給你。感謝你！

b75 抽屜裏，讀者文摘贈送的電子手錶奏起音樂來，聲音微弱，急打開來看，頓時覺得它是有生命的小精靈。

b76 瘋子，一個永遠在夢中醒不過來的人。

b77 女人，真正使男人失守的，不是色，而是溫柔。一旦睜眼相向，這個女人便永遠失去了這個男人。

b78 愛照鏡子不是壞事，這表示關心自己的形象，此人是心靈向人世打開的人。

b79 安分守己，一句尋常成語，人世的平安全繫之。

b80 你想寫一首詩，卻寫不出來。用腦的時候是不會有詩的；思索見不到美。美是用情纔見得到。

b81 對於有理性的人，真理是最後的裁奪者；對於無理性的人，暴力是最後的裁奪者。

b82 有一半以上的人口，教育無效，有的智識永遠不長進，有的人格永遠不成熟，甚者二者皆兼而有之。

b83 出手購物都不覺得貴，這證明此人的生命已經腐化。

b84 有些人樣子看了令人發噱，這些人是喜神的化身，將喜氣散佈各處，有福者與之同居或鄰居。

b85 你心如止水。何止是止水，已成堅冰。

b86 價值往往是相對的，一個腿腳廢了不再能行走的人，即使是拖車的牛也會令他欣羨不置，叫他真正變成那頭畜生，他會心甘情願。失去了腿腳，一切腿腳都是無價。

b87 人類的幼兒，對一切物體，包括有生物和無生物，一概表現出殘酷。這是生存本能最周密的設計使然。幼兒無自衛能力，他得清除四周，防患未然。本能算不得是本性，以此認人性惡，並不確當。

b88 宋玉對楚王問：客有歌於郢中者，其始曰下里巴人，國中屬而和者數千人；其爲陽阿薤露，國中屬而和者數百人；其爲陽春白雪，國中屬而和者不過數十人；引商刻羽，雜以流徵，國中屬而和者不過數人而已。是其曲彌高，其和彌寡。依此看，宗教是下里巴人，和者最眾，可見宗教是最俗物，跟搖滾樂地位同等；不然，宗教信徒將不過數人而已。

b89 世事太多巧合，至似有神使鬼差。

b90 詩人是人類的花朵，哲學家是人類的果實。

b91 生命有用，大自然不會輕棄；生命無用，大自然不會保留。由此可以知生死。

b92 政治原本應該是道德的體現，而事實是，政治就是不道德。

b93 自然界中沒有非理性的事。倒是人間世無理性的事到處是。

b94 你信奉真理，你就孤獨了。

b95 每個人出生時，老天都給他一本存摺，人人一樣多的存款。這本存摺有出的沒有入的，此後就看持有者怎樣使用它了。

b96 「而今識盡愁滋味，欲說還休。」一篇文章抒情之多寡，可測定作者的年事。

b97 我常常想像地自問：逢到饑荒的時候，會搶食物吃嗎？在大海中遇難，會搶奪救生艇或浮木嗎？我想像不出一個明確的答案。可悲，我對自己不能有真確的了解與認識。

b98 你不能期待庸才成就什麼事業，他不作怪你就該滿意了。

b99 現代都市，是一種新的叢林。

b100 看見大孩子們蹦蹦跳跳，壯年人精力飽滿，心裏面便是一片快樂。人應該從生命嬗遞處來感受人生的恆常與快樂，老是為一己的老邁發愁，感歎人生無常，豈不鄙陋？

b101 年紀輕輕便滿腦子無常，便捨現世而妄想天國，宗教之流毒甚於黑死病，幾令人世癱瘓。

b102 人類有不少不應該的行為。看着蜜蜂那樣勤勞採蜜，人怎好利用牠這個天性，這根本是在奴役美德，罪惡之至。

b103 人套着邏輯，就沒有美感，就沒有自由。

b104 一般的文明教養，將人塑造成一尾軟腳蝦，既不能愛也不能恨，既不能除惡也不能行善，只有一個不能動彈的頭腦；這就是文明教養的一般典型。

b105 看見鳥兒在枝頭上跳躍，艷羨嗎？牠們儘可以選擇適合自己的樹木來生活來棲息。而你呢？你能自由選擇合意的職業和鄰里嗎？

b106 面對大自然，我是一個人；面對人間世，我是又一個人。面對小孩子，有似面對大自然。

b107 我的面幾乎長年向着那一邊，偶爾轉回這一邊，便壓抑不住憎惡、鄙夷與哀矜。但願永遠不轉回這一邊來。

b108 一個好的人世，人世至多是運動場，不會是戰場；人生至多是競技，不會是爭鬪。

b109 佛學用無常做基石來反建它的整套學理。若一切都永遠不變不動，你受得了嗎？愚蠢，徹底的愚蠢！無常的反面，是一整塊大石。你以爲生命所以可能，須得有什麼條件？豈不是無常嗎？

b110 詩與青春同在。

b111 老人啊，你的青春已逝去，詩也逝去；你將青春交給了下一代，也將詩交給了下一代；但你的上一代離開人世時，卻交給了你人生的智慧。

b112 人歡天喜地地迎接新年，一似舊年陵虐了他一般。人對日子未免太過忘恩負義了。我倒是懷念舊年，畏懼新年。

b113 見人有喜而喜，見人有憂而憂，達到這樣的一體境地，便不再是一條小生命。

b114 機器也不能永遠運轉，功利主義是操勞永不止息的人生。

b115 人本身絕對不止是一件工具，人是生活的主體，爲了生活權充生活的工具，目的仍在於生活。

b116 罪惡發生在某些人身上，會開出美麗的花朵。

b117 一生不曾信過任何神佛的人，是真豪傑。不論如何，這個人是自力走這趟鋼索人生，而且肯定這個人生。

b118 植物是惟一不孤負、不愧對陽光的生物。

b119 沒有死也不合理。

b120 待酒而後醉者爲下醉，醉烟霞、醉丹青、醉宮商、醉秀色、醉文學、醉哲理、醉所望爲上醉。下醉醉身，上醉醉心。

b121 酒是自然產品，是造物主許多罪過之中的一過。

b122 一胎多產的動物，便有許多副乳房。一胎一產者，便只有一副或一對乳房（由於身體的對稱）。這分明是一個完整的設計。無神論者最好是偃旗息鼓了事。

b123 好好兒去做人，莫想身後的事。身後的事，一如未生前的事，非爾所及。

b124 人人平等，天下大亂。

b125 要是你活着的興致全在於有別人供你炫耀，對你艷羨、讚賞、讚美、崇拜、鼓掌，這是演員的人生。一旦漂流荒島，成了魯賓遜，你將發現自己的生命完全空白。

b126 任何事重複多次就會厭倦，但人吃了一輩子，除了生病，從未厭倦過。爲了讓人活下去，老天用多滋味來誘使人百吃不厭。同樣的道理，老天要人多子多孫，好累倒人，也用多快感來誘使人百交不厭。

b127 你可以殺人，卻不可以摘花。花是這個世界惟一的完美，且是純粹的供獻。存有界如有摘花人，兒童差堪，伊是純粹的真，造物主都沒伊真。

b128 你不止要做一個人，也要做一個我；不止要做一個我，也要做一個人。

b129 天才必然時刻深切地感到孤獨，整個人世，他像鶴立雞群，找不到同類。

b130 有不少胎生動物，要出生一段時間之後纔開目。就認清世間一切真事理而言，人類的開目甚遲，一般的人要遲到近三十歲眼睛纔逐漸睜開，甚至有一輩子都不曾開過目的。

b131 說人怕死，這話並不正確。事實是人太愛生，以至於無視死。只要有黃金（黃金是生存的最佳保障），明知山有虎，仍向虎山行。說人最不怕死，要更正確。

b132 讓愛因斯坦當常人去救火救溺，是嚴重的奢侈，也是嚴重的不道德。天才另有事做。

b133 總計地算，野蠻比半文明幸福。文明有似水果，要到熟透纔真可口；目前，文明纔半熟。

b134 人世之有惡，有如莊稼之有病蟲害，這是非常令人遺憾的事實。

b135 人世問題太多，若你心煩不堪，請轉回頭看看山罷。

b136 人類原是自荒野中來，二十世紀末離荒野已絕遠，此時人人心中都升起了鄉愁。傑克·倫敦早已於本世紀初（一九〇三年），標出了「荒野的呼喚」這個大題目。

b137 所謂文明人，也就是帶了半邊假面具的人，失去了半副肝膽的人；總之，就是面目、肝膽不完整的人。我則寧願扯掉那半邊面具，取回那半副肝膽，當個面目、肝膽完整的野蠻人。

b138 一面照形鏡十塊錢輕易買得，一面照心鏡萬金難求。你的知友就是一面萬金照心鏡，但當他照出了你的心性有污點時，你卻瓦片般將他丟棄。

b139 做爲人類，活了一輩子，你以爲值得飛燕迎風輕輕那一剪嗎？

b140 羅素說：如果你幸福，你就會爲善。但所有操大柄的人，富可敵國的人，都不曾爲善，反而爲惡。可見這些人擁有了權力與財富並沒有得到幸福。幸福是屬於知足和守分的人，也只有知足和守分的人纔能爲善。

b141 一旦你的思想超出了世俗，你就成了孤獨者。

b142 不值一讀，還值一寫嗎？作品的等第，繫於值不值得。

b143 作家的天職不在於摹寫人生，乃在於創造人生。今之作家，卻只會汚穢人生，哀哉！

b144 我的現實生活已經夠齷齪了，你的作品比我的現實生活還齷齪，我何苦讀你的、看你的、聽你的作品？

b145 讓你回到小孩子時代，你的父母和老師立刻又在你身邊。你於意云何？

b146 家裏沒有長輩甚爲不利，甚易流於暴虐與邪僻而不知止。因此，小家庭制頗欠健全。

b147 人世不是不美，遺憾的是到處夾雜着罪惡。幾時人世的鍛冶手纔鍛得淨這雜質？

b148 看見任何東西都無動於衷，沒一絲美感，這個人活着已多餘。

b149 時間的腳步輕如鴻毛，印不下分毫足跡。只要存在夠長久，印出了時間的足跡，任何東西都會變成無上的藝術品。這纔看出時間的足印多麼的美。

b150 很少有人沒有恨過自己，當然恨自己的原因不必盡同。你見過爲了太過尊重別人而恨自己的人嗎？此人凡事惟恐別人不愉快，總是笑臉迎人，待人絲毫不敢怠慢。結果，別人是愉快了，他自己卻老是不愉快，因此他恨透了自己。

b151 沒有旁人的時候，人們常感到寂寞。孤獨是我最大的享受，我從來不爲此感到寂寞，倒是在有人的時候，纔時時強烈地感到寂寞。形骸的孤獨算不得什麼，心靈的孤獨纔令人難受。

b152 你最大的希望是什麼?希望人人幸福。

b153 詩人，人世的浪子，現實的棄兒。

b154 人類漸漸負不起砍樹造紙的代價，不久的將來紙張的使用必將成爲一種神聖的事，出書將甚爲嚴格，讀者可不必躭心買到不值得讀的書。

b155 兩種人不能成爲詩人，他們的想像力禁錮在九層塔裏，他們是聖人和俗人；當然他們也不能成爲真正的畫家或音樂家。

b156 將來人類進入無政府的大同世時，風俗習慣將成爲維持秩序的惟一規範。

b157 沒有一個人天生不具備着冒險精神。只是大多數人將這精神用在賭博上，殊爲可惜。

158
臺諺云：牛牽到北京還是牛。這是事實。狗嘴裏永遠長不出象牙來，奈何！因此點鐵成金術，自來被熱心尋求着。教師們原本被視爲持有點金術，能將庸才教成秀才。但爛鐵畢竟難以點化成金，不成器的仍佔多數，義務教育仍當限於小學，過此以往，則是浪費公帑，製造社會公害。

159
若有天堂，你以爲天堂是怎樣的一個地方？我想天堂應是一個幸福的地方，我們可以這樣界定。可是，幸福的定義又該怎樣界定呢？嗜煙酒的人沒有煙酒則不覺得幸福；嗜竊的人不許他偷則不覺得幸福。顯然天堂是不容許飲酒吸煙偷竊的。那末這麼說來，同一個地方，在某些人看來是天堂，對某些人卻是地獄。我想必然有不少人，就是三顧茅廬，也不肯上天堂去。

b160 這個人和你客客氣氣的，很少能夠成爲你的朋友。不是披肝瀝膽，無形骸之隔，你錯他爭，你缺他補，你傾他持，那能成爲朋友呢？

b161 人要做個面目分明的人，不要做個五官模糊的人。

b162 做過一場夢，終須醒來。

b163 一個惡劣的政府，讓該國百姓性情隨之惡劣。這是雙重的不幸。

b164 治學有治學的天生性格，治產也有治產的天生性格。缺乏治產的性格，給以全世界的財富，不能擔保其免於流離失所。因此羨慕別人富有可，仇視別人富有則不可。

b165 一撮人間泥土即一部人間史，裏面包含著多少前人的血汗與淚水，仁善與罪惡；這是沈重的泥土。放一把火，燒不掉這沈重，於是拓荒者們走向大荒。

b166 站在局外，人人都是正義之神。一入局內，人人都是邪惡的魔。

b167 對個人而言，情感教育比其他任何教育都重要。一個感情不發達的人，不堪想像他的人生是什麼樣子。而一個沒有優美情感的人，則絕對不會有優美的人生。

b168 存在就是意義就是目的。這是最簡單的解釋。

b169 就自我而言，最大最真切的幸福感，無如知覺自己活着。

b170 利害一致，虎狼可使同心。

b171 生命就是一派情意；情意不動，只是一塊肉。

b172 人可造出智的機器人，電腦是也；可造出道德的機器人，一般機器人是也；卻不可能造出審美的機器人。智、善是行爲，審美是感受。

b173 人是言語的動物，絕望則無言。

b174 人是意義的動物，失意則無力。

b175 你能從進化論的立場來解釋男女生殖器的巧合嗎？

b176 沒有超乎生理、心理的精神實體，是人嗎？

b 177 這個世界意想不到的事，多到令人毛骨悚然。人生簡直就是一個地雷區，凡活了過來的人，全是十足的幸運兒。

b 178 資本主義正是唯物主義。二十世紀後半的資本世界，從根把人心剷除掉了，使人類成爲無憂無慮的純物質生物，吃喝玩樂而已。

b 179 看見女人好端端的人裝扮穿戴成醜八怪，忍不住要斥一聲蠢物。男人在這一方面沒有一個是蠢物的，畢竟男人還是高出女人一等。

b 180 男人天生是強者性格，因此普遍不重愛。對於女人來說，這是可怕的一項事實。

b 181 人類看來好像不是什麼光明正大的生物，或許人類竟是這個世界的兇神惡煞，因此製造人種成了罪行，故人類的交媾不欲人見，連帶凡與生殖有關的器官皆羞於見人。

b182 學生：老師，我們怎樣選科系？

教員：這得看你們是天才還是庸才。是天才，惟所好。是庸才，得考量出路。

學生：天才就不必考量出路嗎？

教員：天才原本就注定要挨餓的，萬一他發達，那是僥天之倖。

b183 看見一個女人的背影，衣服穿得的確好看，十分的賞心悅目，感謝她！

b184 站不起來的人，是心理殘廢，此人須要苦難來對治。

b185 基本物質是不許再剖析的，犯者將遭受天譴。

b186 只許你講同樣的見解，一聽見異議便掉頭不顧，這種人連見面都是多餘的。

b187 老年人應抱着這樣的心情：讓天在散步中暗下來。

b188 古巴比倫只是一個地區的一座城，因奢侈招致毀滅。而今卻是半個地球的巴比倫，正在毀滅的前夕窮奢極侈。

b189 犯錯是學習的捷徑。

b190 自我約束是重要的功課。人不免有憎恨、憤怒之情，不加約束，將至氾濫成災，無長上者最宜切戒。

b191 女人家，打不開生命的幅度。女人而打得開生命的幅度，則優於一切男人。

b192 由唯美者的眼光看來，多數人僅具人形而已。鼻僅得以息，目僅得以視，口僅得以飲食言語而已，無足觀者，不見人形之尊嚴焉。

b193 一個人在那裏調教他的狗，發號施令，真是乾過癮。

b194 我敬你一杯。噢，多謝，在下不飲酒。一向不喝？從來不飲。實在了不起，一輩子清清醒醒，真是條硬漢。我們酒鬼全是懦夫。請不要這樣講。其實每一天有一夜黑甜鄉的渾沌也儘夠了。不，不，人生是醒不得，不是硬漢怎撐得住？

b195 有一件事一直令我驚異。我自認是第三者，但一談起人世，便即時回墜，激動得不能自制。反觀現實中人，談論人世，稀鬆平淡，全不動情，竟有似第三者。也許現實中人纔真是第三者。

b196 我愛看天，看高山遠山，看地平線，我是個高瞻遠矚的人。其實每個人都該高瞻遠矚，以免爲小丈夫狹女子。

b197 我的眼力奇佳，虛歲五十八歲了，五等星無一逃得出我的視野。我說：可惜地球是圓的。客人笑了。有一個不曉。另一個解釋說：設使地球不是圓的，全世界將盡入他的眼底，一覽無餘，他的視線且將滑出世界外。

b198 債務人之常情，以仇視債權人爲最簡便的邏輯。

b199 你對別人好，有沒有什麼願望？有，但願不仇視我。

b200 教育幼兒，第一須讓他知本分和非分，除了玩具，他一無所有，他不能非分地碰觸玩具以外的任何物件，如此，他長大之後，纔能尊重別人的所有，纔不至做賊做強盜、做無恥的貪官污吏，乃至做把持政權竊國殘民的獨夫。

b201 若你是造物主，有萬能的創造力，你會忍心創造有醜和惡的人世嗎？老子說：天地不仁，以萬物爲芻狗。倒好像造物主有意造個不美滿的世界似的。其實造物主可能是心有餘而力不足，也可能是因爲美滿是絕對的平衡會因而致靜死，而缺陷爲不平衡會因而生擺盪，有不平衡的擺盪纔有不停的創造，而生命是不停的創造，賦人以既美且善，人的生命或將雕像化。

b202 我不喜歡老實忠厚人，此等人天資率皆在中下，無力辨真是非真善惡，野心家之所以得逞，半皆此等人爲之腳力。一個社會老實忠厚人太多，是可悲的。老實忠厚人而得人望者，便是孔子所嫌棄的鄉原，此等人尤爲害事，野心家往往借此等人以扼殺國士，以扭曲真理。曾子是幸出孔門，否則他是典型的鄉原。

b203 人有幸有不幸，不可一概而論。

b204 世多有提不起之人，如麻粢然。你於人世，能抱多少希望？

b205 傍着一棵樹站着，便有了生命的慰藉。

b206 沒有人品，則得不到敬也得不到愛；即在父母親也不例外。人品有三類：智慧、胸襟、性情。有高智慧，有闊胸襟，有純性情，三者有其一，生時令人敬愛，死後令人懷念。與活人居而懷念故世之人，活人之無人品可知。

b207 門外漢最害事，既已決意要參與，何不入門內來？

b208 世人遇事總愛插手，見事總愛插嘴，卻不省自己在門內，抑在門外？

b209 我以火一般的熱烈處世待人，將別人當自己看待，效果不佳。我發現以水一般的清涼處世待人，將別人當別人看待，效果最佳。

b210 生物委曲求生的生態，遍見於全生物界，人類亦然。這把大年紀，我只見過少數幾個人，挺着胸脯直道而行者。其餘多數世人，無不忍是非、忍善惡，甚至忍美醜，用以委曲求生，這是偷生苟活，是卑屈的人生。

b211 人啊，到底你有多少自由？你能隨意丟下工作，出去遊覽嗎？

能隨便坐下來，飽覽鍍金的晚霞，直到它褪回鉛的本色嗎？能痛快地盡情做一場五更春夢嗎？能隨心所欲隨時隨地引吭長嘯嗎？能隨地大小解而不必強忍嗎？能一看見食物便順手取食嗎？人啊，你到底有多少自由？看來人只剩有夾縫裏的自由罷了。

b212 原始人怎可能知道有朝一日，聲音會比食物還被看重，會更高價？

b213 死，對個人而言，是一個世界的毀滅。

b214 目前的工業生產與農業生產是一種浪費，跟着來的將是缺乏。

b215 有些話一輩子都不許說出口，甚至是道歉的話也不容許你說。

b216 人是最高貴的生物，可也是最不幸的生物。單就性慾而言，由於造物的有意放縱或優待，未賦予定期的規制，造成日日時時刻刻長年的苦悶、難耐與煎熬，引致羞辱與罪惡。

b217 單是性慾的擺佈，人便有充足的理由向造物主提出最嚴重的抗議，責讓他不該這樣優待人類，這是寵刑。

b218 一個人或一家人自給自足的時代，那是最安全的時代，也是真正幸福的時代。

b219 人至少總得具備一個家的身份，不是製造家、欣賞家，便得是解釋家。不具備一個家的身份，便成了純粹消費者，那是要不得的。

b220 女人永遠是女人，且永遠是偉大的母親。

b221 不論如何，活得可敬是人生第一義。

b222 一個模子，一個形狀；一種方式，一種情況。沒有人改變得了，除非換個模子，改個方式。

b223 你認爲這個世界上最可怕的事是什麼？我以爲無如機率。機率將人世經營成一個賭場，將人造成賭徒。但願這個世界沒有機率，可是只要這個世界不是單純的一，即只要它是成於二以上，機率就主宰着這個世界。

b224 因性情投合而結合者必成佳耦；只爲你是男人，我是女人而結合者則必成怨耦；其性情不投合者必至仳離。

b225 我鄙視一切宗教和進化論，二者同是沒頭腦的產物。

b226 聖人不易修到，但能無恨心，可以說已接近聖的境界。

b227 滿足基本需要之後，罪惡可以銳減，卻不能根除；這可以從富人與權力者依然貪婪不已得到實證。人只要不知足，罪惡便永遠消除不了。要建立一個較好的人世，只有小康的庶民階層纔有可能。有富人和權力者，人類便不可能有太平世，因爲這表示人類仍在不知足之中。

b228 做不合理的事要付出代價；越是不合理，代價越大。

b229 個人的自我情感必須被尊重，否則聖人也會變成暴徒。

b230 孔子說：非禮勿視。這是我最難做到的。我有一顆童心到老，因此我有一對童眼，越是逾越禮節的，我越是喜歡看。

b231 我最怕女客身穿低領衣和迷你裙；公共場所，偶爾也會看到妖服淫裝半裸的女人，女人實在應該自我檢點。

b232 縱無法完全生活在美之中，人也不合生活在美的匱乏之中。大自然美，人容易領略到，人間美則未必。設法隨時隨地發現人間美，這是生活中最重要的一件事。

b233 人可以沒有頭腦，卻千萬不可以沒有心腸。有不少人都是沒有心腸的，想起來便毛骨悚然。

b234 西方人一向自動放棄自己：將健康的身體交給政府，將有病的身體交給家庭醫生，將心靈交給教會。人類墮落到不敢所有自己會到如此的地步，也真是奇觀。西方人全是螺絲釘。

b235 日日春共有三色：白、粉紅、白瓣紅心。每一莖永遠開着一朵花，日夜如此，長年如此。打從內心深處，我感激它。

b236 禽獸蟲豸都各擁有足額的土地，人類顯已不如。

b237 淚水就是詩泉，有淚處便有詩。

b238 傳說中有個淚人國，那國度裏沒有虛僞，因爲淚是真情的流露。

b239 有誰將一生當一首長詩般過，此人即使未曾寫過半句詩，卻是真正詩人一個。

b240 沒有詩意的生活，有似乎生活在沒有美景的世界。

b241 沒有詩意，於我有似乎沒有自由；反過來說，沒有自由，也就沒有詩意。

b242 詩是人類的羽翼。

b243 我們慶幸生爲人類，只爲人能感受到美。封掉美的感性，人不是成了一臺聰明的機器人，便是成了一隻無知的野獸。

b244 不能自發地從生命中泛出詩意，則每日必得設法多少接觸些美景，否則至少每日讀一些好詩或看些好畫聽些好曲。你病了，那是你長久失去了詩意；只要生活中有詩意，健康就會回來。

b245 沒有詩意的生活，是牢獄的生活。

b246 柏拉圖的伊安篇說：抒情詩人飛到詩神的園裏，從流蜜的泉源吸取精英，來釀成他們的詩歌。可知詩歌是甘美的。可是現代所謂詩人的所謂詩歌卻是苦澀而醜陋的，他們大概是從魔鬼的園裏吸取了毒液罷。

b247 畫人物，眼睛不能傳神，便是畫了一個死人。

b248 生乎今之世，正總是不勝邪。自有史以來便是如此，也不始於今日。

b249 羅素說：我們思考的太多，感覺的太少。這話的意思等於說，我們差不多就是一部思考的機器，幾乎沒有生命現象，不曾活着。這是現代智識人的樣相。

b250 自自我哲學來看，儒家思想可概括爲如下的結論：人是一部實現道德仁義的工具，沒有自己的生命，沒有自己的生活。這一點，清教徒與儒家頗相似。

b251 你未信教，你見山是山，見水是水。你信了教，見山不是山，見水不是水。宗教的罪過，在於令信徒對現世失明失聰失去一切感覺，枉過其一生。

b252 原始多神信仰是現世利益信仰，不是宗教，沒有教義，也沒有教會，信仰者是直接向神討取現世利益，根本沒有天堂、地獄、來世、永生的觀念。

b253 動物界沒有老廢，一旦聰明稍失，便即時成了另一種動物的現餐，故動物界永遠朝氣勃勃。人類社會則否，人類社會失去清理的機制，萬分拖沓，朝氣中總雜着暮氣。

b254 人一旦老廢，便該自了，再行苟活，乃是無恥。

b255 有時覺得年輕是不幸，年輕人全受生殖意志控制，即在夢中也沒得擺脫。

b256 你如果起步早，四十五歲夠完成一生的事業了。

b257 可怕的女人。如果你又年輕又美又是才華出眾的男人，女人將使你不得好生又不得好死。

b258 一個唯美主義者，不在衰老前自殺，就得絕對孤獨過他的晚年。

b259 擺脫了生殖意志的控制，這是老年人的最大收穫。人是到了老年纔獲得自由。未曾活到老年便死了的人，就這個意義來說，是沒福到達自由的人。

b260 母鴨帶着小鴨群游水，這景色尋常可有。卻不會有母蝴蝶帶着小蝴蝶群飛的景色，因爲蝴蝶是蛻化的，不是原樣生長的。若有這樣的景色，那將是多麼美的景色啊！

b261 宇宙創造，年代久遠，非人類視力所能到。

b262 蝴蝶的華彩已超出物競天擇的法則，牠無此繁彩，一樣能生存至今，這是進化論不能解釋的。

b263 這個世界中，最高潔的生物是一種不足〇·九公分，有深褐色的複眼、白鼻、黑背、黃腹、肉柑橫條紋的停空蜂。牠停在空中，上不沾雲，下不沾泥，原處轉斡、倒退、前進、升降，自在無礙，沒摩擦沒反壓，花蜜在牠體內悉數轉化成動能而無排洩物，這生物，太高潔了。

b264 老天產木材，木匠製桌椅。進化至多是個木匠。

b265 俗世人職位進升一等，口袋裏銅板多積聚幾個，便自覺身分高了，便有了架子；甚至於單單是多積了些年齡，便也威風起來。這些人，真真莫奈他何！

b266 落花生，憑進化不可能將豆種伸入地下來結。母愛也不是憑進化產生得出來的。一切，莫非奇蹟，也就是說，一切莫非設計。

b267 女人，一般我沒有好感，但感動我的，往往是女人。僅僅是母親，便足以感動天地了。

b268 生物有限度生長，這不是進化論能解釋的。

b269 死人，是最接近天堂的人；活人多少還會造孽。

b270 玫瑰多刺，這得先假定有愛摘花的裸體獸（不覆毛羽鱗甲的大動物）之存在，即人類的存在，這也不是進化論所能解釋的。

b271 人不吃苦，則麻木不仁；人是透過自己的感受來了解別人的。該怎樣來教育子女，已思過半矣。

b272 凡對人群有害之事，不可能有美感，這是美的基本條件之一。

b273 永遠不能革除的問題纔是真問題。

b274 性交媾的同步快感，令人疑惑不解，這等於宣言打人的與挨打的雙方都痛快，實在是荒謬之至，但這荒謬，正是進化論的無尾巷。

b275 老天生你爲人，你便得好好兒去過人的生活，既不能降格，也不能好高，更不許逃避；你這一生要流許多汗水，吃許多酸甜苦辣；總之，你負了要做人的責任。

b276 萬物一般都有出生的權利，有活下去的權利，有繁殖的權利。看見莊稼上、花卉上有蟲，想伸出手去，不免爲之躊躇。

b277 對於一個唯美的男人，四十五歲是絕對不可延宕的人生大限。對於同樣的女人，二十七。

b278 人像蜘蛛結下情絲網，居守網中心，一生走不出去。

b279 年輕時，苛求所知的任何人既要他是聖賢，又要他是豪傑；老來只求所知的人莫是賊。

b280 一生所苦有二：一日三餐無間斷的逼迫一也，鞭策自己要成聖成賢成豪成傑二也。

b281 自美學觀點而言，善行爲美，惡行爲醜。美學將行爲當形相來看也。美學是形相學。

b282 人固然要文，卻也要野。希望年輕人保留野性，莫要在文明裏喪失。

b283 自產業革命以來，人類次第喪失故鄉，一地數十年間景物全改，歸來生目，哀哉！

b284 清水美如流動的水晶，是一切生物不可或缺的主要體液，也是最通用的溶劑和洗滌劑；它聚積爲湖海，如一塊大軟碧，美無限；它聲音多變化的美，有滴答的雨聲，琤琮的泉聲，潺湲的溪聲，澎湃的海潮音。它是天地間最爲永恆實在的物質，而佛家卻說四大皆空（水爲四大之一）。爲了自我麻醉其人間苦與死滅懼，竟忘恩負義地、酸葡萄地睜眼說瞎話，這是狐狸的行徑。

b285 —佛教是酸葡萄宗教。

b286 在亡國之後，流離失所，不得保有現世的心境下，遂至寄望天國，這樣的情境是可以理解的；因爲人生短暫，遂至渴望永生，這樣的情境也是可以理解的。但是，這些都不是正常的心理。人應該勇敢地，袒開心胸接受這個世界與短暫的生命。

b287 什麼是俗世的生活？沒有詩意的生活。

b288 藝術展現人性對美的欲求，而不是提供事實；要提供事實，可叫木匠或鐵匠去鉋製打造。

b289 生老病死，釋迦一樣也沒擺脫。

b290 太陽的直徑約爲月的直徑的五百倍，太陽與地球的距離也約爲月與地球距離的五百倍。因此從地球上看來，日月是一般大小。你以爲這是巧合嗎？進化論者會悍然主張是巧合。

b291 身上帶着人人想劫奪的大可欲物品，只要及時拋棄，可保無事。可是如果你自身便是大可欲物品，你無法拋棄自己，你是在刻骨的危險中了，你該怎麼辦？有姿色的女人啊，該好好兒想想自己的處境了！你最好是少出門，否則最好戴上面紗，掩藏性感，最徹底的做法是扮成醜婦，可是你卻反其道而行。啊哈，愚蠢的女人！

b292 一個屠戶一生宰豬千萬頭，寃寃相報，如何報起？難道要他轉生千萬世，讓他宰的豬，一頭一世來報殺他嗎？他一生也只能死一次啊！你有意尋人都尋不著，誰有能耐在這個時間的長流裏穿過千萬世紛紜複雜到不可以數理求的人間世，來尋繹出一個特定的人？只有絕對沒頭腦的人纔講得出這樣的蠢話，也只有絕對沒頭腦的人這樣的蠢話纔聽得入耳。

b293 你是人，那麼你便像個人樣地去做人罷，如斯而已。

b294 討論一件事，或批判一個人，甚難。得先問討論者或批判者夠格不夠格。

b295 人之初——沒有比這段時間更要緊的，一個人能否成人，端在這一段時間的塑型。由社會公論來論定一個人的父母資格，或許犯了統制之嫌；一些不夠格的人，莫讓他生育，這畢竟是釜底抽薪的治本之法。或者制定法律，子女犯法，父母連坐，也許可以責令父母們負起社會責任。製造噪音、污染，法當受取締，那有製造危害社會的罪犯反而逍遙法外之理？

b296 對人生常有無可奈何之感瀰漫心頭者，其悲憫之情亦必恆瀰漫心頭。

b297 你感到孤獨可怕，那是你無我，你空無；等你發現自我時，你就會愛孤獨了；因爲那時你是實實在在的在那兒，你發現你在。

b298 除了不得不的事實，任何事都可視爲是一種反動。

b299 何謂俗人？百分之百生活在現時間中，現事件中的人。

b300 一個錯誤的學說，如對人類無不良影響，亦可由他去。進化論之錯誤導致對人類的惡劣影響甚鉅，故須闢它。它導致人不見造物之事實，不見造物主之用意和好意，因而斬斷萬物一體中的天命，遂令人與人解體，人與萬物萬有解體，遺害之大，至不可以估計。

b301 進化論是一種新的神話，「進化」一詞便是這新神話中的大神，它創造了狗，創造了馬，創造了絲瓜會搭掛的鬚，創造了沒眼睛的植物會開出須用眼睛來領略的美形式美彩色的花，沒鼻子的植物會從花蕊中放出須用鼻子來聞的香氣。它將「造物主」（俗稱「上帝」）改稱「進化」，便自以爲是科學的了。

b302 何謂不知足？勞碌命是也。大財閥是勞碌命，玩股票的散戶何嘗不是？嗚呼哀哉！

b303 俗世人有個共性：貪婪而愚蠢。貪婪終必陷於愚蠢。

b304 有時候你會憐憫所有的人，也憐憫自己；有時候却會痛恨所有的人，也痛恨自己。

b305 沒有美麗的內心，能夠徒有美麗的外表嗎？

b306 激不出美感，無可欣賞，這樣的作品算是什麼作品？

b307 人不結婚，便沒機會體現父母愛，便是殘缺的人生；父母愛是人間愛中最爲根深的愛，捨棄最深的人間愛，有成熟的人生嗎？

b308 人生也許是落空的，荒謬的，絕望的；但是你願意藉着服用迷幻藥而飄飄然欲仙以自欺嗎？宗教就是迷幻藥。

b309 當今人類四害：資本家、官僚、宗教、進化論。

b310 開拓精神生活纔能提昇自己，否則無論物質生活怎樣提昇，你還是老樣子的你。

b311 英文字最奇特的一個缺點，是我字大寫；最奇特的一個優點，也是我字大寫。人該謙卑，也該頂天立地。

b312 人至少要有三感謝：感謝老天，感謝父母，感謝師長。其實人要感謝的對象很多，即使動植物及無生物也多值得感謝。一個人，心存感謝，便有溫馨的人生，有溫馨的世界。

b313 剛愎自用，不受規勸，早晚定會干犯自然律，受到自然的懲治。

b314 居高者眼低，居卑者眼高，勢使然也。故凡眼高者，皆居卑之徵。

b315 辨真，不易。一層翻出一層，似是而非者多。舉個例：人類有齒而無牙，可見人類天生是素食者。這話聽來甚有道理，因爲齒不能致獵物於死，牙是令獵物致死的工具，惟有牙纔能戳穿獵物的身體。人類的雙手大可致任何獵物於死地，且撕肉尤爲利便，其功用自在虎牙犬牙之上，可知人類未必天生是素食者。這話聽來更有道理。

b316 孔子有一句話，深刻地銘記在我的心裏。他說：君子有三變：望之儼然，即之也溫，聽其言也厲。最重要的是他說話嚴厲，請勿爲此不喜歡他。

b317 我沒有的是錢，有的是時間。在這全世界都是時間窮人的時代，我是惟一的時間富人。我所以能夠成爲惟一的時間富人，因爲我不肯用我的時間去兌換金錢。人們把時間全數兌換掉了。人們握着大把金錢，却沒有吃飯的時間，沒有停下腳步的時間，於是只能一邊走路一邊吃飯，終於一個個成了路旁屍。

b318 活得失敗，那有死得成功之理？│梭羅罵道：談論什麼天國！爾等令塵世蒙羞。（│孔繁雲中譯）

b319 自殺者多半是不具責任感的人。解除了責任，自殺不自殺可以聽便。

b320 我沒看見有大人物。當然囉，你看不見大人物。僅有巨人的腳掌高的身材，你看得到什麼？

b321 人過早獨立，理智將淹沒感情。成人之後纔過獨立生活，最能獲得理智與感情的平衡。二十五歲至三十歲之間，是離開父母親嘗自立生活的最適當年齡。

b322 有了超越一切的偉大作品，這個作家其餘的作品便都是多餘的了。有了登幽州臺歌，我們便不需要陳子昂的其他作品了。

b323 無生命之物，雖無維生現象，從美的眼光來看，仍是活物。一塊天然形成的石頭被打碎了，從美的眼光來看，它是死了；陶瓷、雕塑、繪畫、建築及一切用品亦然。反之，從美的眼光來看，有許多活物其實是死物；一切醜的生物，在美感上全是無生物。

b324 人真是怪物，看見謹慎規矩的人過着平安幸福的生活，固然十分的敬佩，爲之慶幸；可是心裏面真正喜歡的，却是悲劇人物。

b325 忘我是難得的經驗，忘我而後方能忘憂忘煩惱。人所以好觀劇，乃在於得以忘我故。

b326 有熱眼有冷眼，熱眼看世情是一樣心，冷眼看又是一樣心。以冷眼看俗世人爲名韁利鎖所制，奔競坐馳，寤寐不休，皆其命賤自取，亦何悲憫之有！

b327 單細胞分裂是無死的設計，這是一組；母子繼體是有死的設計，這是又一組。進化論無法縫合這二組的設計。假定承認生物出自進化，生物將永遠停止在第一組，第二組則永遠不可能出現。

b328 昆蟲三變態，進化不可能。

b329 疾病可怕，一日無病小神仙。

b330 我對求生存這種事，無半點誠意。

b331 無是非則無好惡；但世多以好惡爲是非，本末正顛倒。

b332 苟得其所，人人皆是第一流的人才。令農人歸於田畝，工人得以執什器，皆無可頂替之良材也。

b333 世人信仰神佛是一回事，作惡又是一回事，兩邊是截然分開的。

b334 外表不美何妨，一旦生命（性情）醜陋，此生毀矣。有些人在經歷過嚴重的事件之後，生命變得格外地美；可是有些人卻變醜了，很是可惜。

b335 認真是成功的要訣。

b336 死固然不是好事，卻是根本解決之道。

b337 精神作用與性作用是兩個不共在的作用。有不少天資優異的人，在性作用的壓制下成了庸才。一旦性作用控制了你，你的思考力、想像力、情操將歸於癱瘓。

b338 一個令花朵開不得的世界是什麼世界？一個令女人罩面紗的世界是什麼世界？野獸容有性騷擾，卻絕無性強暴。男人究是什麼樣的下賤動物，居然野獸不如。

b339 肉體是精神的工具，若精神空白，肉體即爲閒卻無用之物，即使保持千年，何意義之有？煩惱盡除，愛著悉遺，即成行屍。釋迦悟道之日，所以未成行屍者，乃在其出而說法也。以知其煩惱未除，愛著未遺。這纔是真人類。

b340 每天有一二小時的絕對孤獨與安靜，有許多益處：可以治病、可以定神、可以澄慮；可以保持活力，包括體力、思考力、判斷力，增進成功，避免失敗與意外；可以穩定情緒，得以與周遭融洽，得以保持活潑的愛心與美感。

b341 人沒有理由信仰神佛，若信仰是爲了對自己有好處的話。親友同類對我有好處倒是可確定的，信仰親友同類的愛是有充足的理由的。老天創造這世界，已將愛全都放在這世界中了，還往何處去尋求愛？

b342 有老就有死，有仙人的話，必定全是童子仙，不會有老人仙。畫中仙人全是老者，那是不合理的。

b343 早期的人類，赤身裸體，不以爲意，因爲他們生產的子女不是地球的兇犯；近期的人類，至少得遮蔽性徵器官，因爲他們生產的子女是地球的兇犯，故性徵器官見不得人。

b344 在沒遮攔的空曠的家門口看山頭日出，這事已有似隔世般遙遠。啊，懷念那美麗、幸福、健康的舊時代，只要能夠再回到那個時代的一個早晨，我願意將整個晚年的餘生來交換。

b345 你的資金被套牢了不算要緊，最怕的是你本身被套牢了。

b346 你走路，會停下腳步來看一片雲；你居家，會留意到門口乾渴的草爲它澆一勺水；在這個汲汲營營的時代，你簡直是仙了！不是仙怎可能有飄逸的心？

b347 人在自然界，應不忘記感謝老天；在人間世，應不忘記感謝賢人。

b348 若世人全都虔誠信佛而不殺生，則生物必至猖獗，必至滿路滿田滿屋滿床，你以爲人類能夠維持多久不滅亡？大概不出十年。今日比丘比丘尼之得以活得好好兒地，得以不知痛癢地、面不改色地、無知地鼓吹其不殺生的邪說（能令人類滅亡的說法不是邪說是什麼），全賴多數不信佛的世人或雖信佛而殺生如故的人的不斷殺生來維持，這是十分諷刺的一件事實。凡事皆有分寸，慈悲博愛也不例外。故儒家分愛爲三等：親親、仁民、愛物。沒有分寸，終究是導致不幸、動亂與滅亡。孔子弋不射宿，孟子聞其聲不忍食其肉，這是分寸，是徹照萬世的智慧。

b349 一粒稻米一個活生生的稻胚，一碗飯有多少個稻胚？請問和尚尼姑們，包括青菜、豆類，一天裏你究竟吃殺了多少條生命？一萬，至少一萬！你不殺生嗎？你能不殺生嗎？

b350 天堂、地獄都在現世，你關心它、維護它、建設它，它便是天堂；你不關心它、不維護它、破壞它，它便是地獄。當多數人都只想着來世，不關心現世時，現世便成了惡人的天堂，好人的地獄。宗教令信徒活着便入了地獄，又如何能令信徒死後昇登天堂呢？

b351 若造物者主意是要安置你在彼世，就不會平白多給你此世；這是自明的道理。

b352 一個星點便是一個希望，希望滿天是，人怎可以洩氣？

b353 切切記住，人是動物，不是植物，人有選擇水土的自由和能力。你爲什麼一定要老守着那個你一直詛咒的職位？你不能改變一下嗎？你沒有當動物的勇氣嗎？那麼你是植物人！

b354 風過草偃，草是柔順的？不，不，草並不是柔順的，它抵抗過。

b355 誰也無法壓制植物向上向光明的心，它終究要爬起來。

b356 凡是果樹全是廢材。

b357 莫抱怨你的樹不開花結果實，它是美材。

b358 「出去透透空氣」，這是句金言玉語。幽禁在小房間裏、小生活圈裏、小觀念裏，久了總會憔悴得不成人形。「出去透透空氣」，這是保健的不二法門。抱着狹隘的觀念，你以爲你是健康的人嗎？幽禁在小房間裏，這不必臉紅。幽禁在小觀念裏，你豈能不爲自己的小腆小醜羞煞！

b359 走入現代大都會，失去整座大自然：失去晨曦晚景、月光星光、風聲雨聲、鳥語花香、蝶舞蟲鳴，失去整個的天和地。爲什麼還不逃出來？

b360 人不能自制，天必制之。

b361 今之小說，十之八九，醜惡不堪，不值一讀。

b362 生物生得醜，照樣活得下來，可是生物却幾乎全是美麗的。若生物是由自然進化而來，依機率計算，美麗的將少之又少，幾乎不可能有。

b363 女人服飾趕時行，由美學的觀點來看，全是瞎了眼。最近女人們盛行穿寬褲管短褲，奇醜無比。也好，免得煽火。讓天下的女人全都成了醜八怪，人間世可減少一半以上的罪惡與不幸，至少不會引起 Troy 十年戰爭。

b364 一個人不幸，另一個人笑；起碼有一個增進了健康。

b365 常態下的人，目喜觀美色，耳喜聽美音，口喜食美味，鼻喜聞芳香。但今日文藝創作與欣賞多一反常態，喜愛醜惡腥臭。一個反常的人世業已形成，不幸與混亂將是這個人世的命運。

b366 曾經跟自己許諾過，要成聖成賢，那知一路還是犯了不少錯誤，甚至是罪過。

b367 人最難認明的就是自己的命運或未來。

b368 古羅馬一個將軍〔注〕率師出征。他站在山岡上檢閱全軍，悽愴地流下了眼淚，囁嚅着：這些人，百年內一個也不存留。啊哈！他再怎樣驍勇善戰，他的部隊也將在時間裏全軍覆沒，時間是他戰勝不了的敵人。

〔注〕據希羅多德的歷史，乃是波斯王澤克西斯。

b369 路上對面走來，搓身而過，不交一眼，這樣的人世，我雖是大男人，也很想哭一場。

b370 那些孩子，一眼看去，便知是不中用的廢料子，養大他做什麼！

b371 理想主義者，在理想中生活，原就高人一等，在現實中自然要苦人一等來對抵。

b372 走在黑夜的暗路上，你怕什麼？鬼？不，我怕人。

b373 你能從老婦人的形象中看出美，這就證明你已進入形相中的美的世界。

b374 沒有天才的性格就不可能是天才；沒有天才的心思就不可能是

天才；沒有天才的生活就不可能是天才。

b375 齷齪比什麼都更難堪。

b376 鳥令人羨慕，也能飛天翱翔，也能落地覓食。天才是只能飛天，不能落地的鳥。燕子有似乎天才，但比天才幸福，居然在天空中也能覓得食物。

b377 寧爲玉碎，不爲瓦全。這話聽來大傷人心，既傷玉之碎，也傷瓦之全。

b378 自家胸襟便是自家天地，寬狹隨人。

b379 藝術生命潔之又潔，和光同塵，難之又難。

b380 人群如真的下賤到不能沒有統治者，則負責的獨裁是最好的統治。

b381 清早醒來聽見遠處有人語，聽見廚房裏有水聲，聞着屋裏的暖味。啊，這是人間，熟悉的人間。

b382 人吃飽飯後，會哼哼唧唧唱起歌來。若我是老天，我聽着會心喜而欣然莞爾；也會心酸而泫然淚下。

b383 現世榮耀與永世不朽是魚與熊掌，得其一失其二，你寧取那一個？多數人寧取前者，放棄後者，故不朽的人不多，而朽者遍地。

b384 極高壓極高溫產生金剛石，人世這座煉獄自然會不斷煉出金剛人物來。

b385 各人所受的人世溫壓不等，成就也隨之不齊。

b386 人世的溫壓沒有強制性，依主觀的抵觸而異，抵觸之則升高，委順之則降低，故金剛人格的歷煉純出主觀取捨。

b387 我是男人，我不曉得怎樣的男人可令女人死心塌地去愛。若男人也可以談談對同性的愛，則我只愛狂者；身上沒一絲狂氣的男人，對我顯不出一絲美感。

b388 美人者，集一切形色的規律於一身者也。

b389 規律是一切美的基礎。無規律可尋者便是醜。依此可以知人性。

b390 一隻被鞭打的狗，對着鞭子齜牙，而不知撲向執鞭者，多可憐的愚昧啊！

b391 沒有兒童在場的人世事，幾乎無一不是騙局。何以見得？大人齊聲讚美國王的新衣，兒童則高聲喊：國王沒穿衣服。大人有的是一顆埋沒事實的心。

b392 潮汐是海的呼吸，海得以營活而不死。一旦日月的引力鬆放，風熱也救不了海。

b393 一片葉子便是一座工廠，製造碳水化合物，釋放氧氣，無聲無臭。人類的工廠呢？啊！越是認識自然，便越能體會老天的高明與善意。

b394 這是奇妙的現象，葉子的成長是由紅而綠，或由黃而綠，果子的生長是由綠而紅，或由綠而黃。誰有好頭腦來解明這個現象？

b395 男孩子們啊，你們不覺得草比女孩子們還秀美嗎？女孩子們啊，你們不覺得樹比男孩子們更優雅嗎？

b396 若世上只有人類，沒有其他生命，我將孤獨而死。沒有其他生命，人不可能有什麼生趣。

b397 你懷念嗎？懷念那砂質有小石子的路嗎？那腳下的沙沙聲，充分顯示行走者的存在與主動。現在呢？在柏油大馬路邊行人道上，你可曾覺得到自己的存在？

b398 就現存生物界而言，人類的體型是大小適中的。試以雨而言，對於螞蟻等一般小昆蟲，每一陣雨都是可怕的水災。若人類的身材小些，連雞狗都會是人類的大敵。若人類再高大些，任何樹木都會成爲障礙。若一般樹木再高大些，人類將很難見到天日。可知現世界是適宜現人類的一個設計。

b
399

你埋怨罪犯多，威脅到你的生活。其實罪犯是你的貪婪的產物。你霸佔太多，讓別人活不下去，他當然要反撲。近年有人指出自然的反撲，豈知許久以來一直進行着人的反撲。請記住：生物現象一切都是相對的。先有不義的霸佔，而後有不義的搶劫。你霸得越絕，他劫得越兇殘。這一切全是反撲，這一切全是自己造的。你以爲法律可保護你嗎？當法律不保護別人的時候，它就保護不了你。長久以來人類實行的是吃人的政治與法律，政治與法律本身便是個禍害，如何能藉它求得平安？只有合理的社會，纔有平安的社會。

C

卷

c1 人生是跑馬拉松，跑不到終點便是失敗者。

c2 食、色，人狗所同，強調這兩件事，將不辨談的是人生或狗生。二十世紀的許多所謂文學作品，其實全是寫的獸生，不是人生。作者早已不知人生爲何物，居然是無知識的腳色充斥文學界，冒充知識人，來反映人生，指引人生。

c3 對死人而言，一切都是空無；對活人而言，一切都是實在。

c4 不知感恩、感謝，這表示此人無所受惠，此人的一生是沙漠人生。

c5 慶生是慶祝此人之出生與存在於社會爲福；若其人之出生與存在於社會爲禍，則哀之且不及，何慶祝之有？

c6 我看人，不異看樹，看見一些熟悉的晚一輩停止生長，看見他們只長成灌木或小喬木，令我大大失望。畢竟巨木或神木之種罕見，多數皆小品種而已。你不能期望小品種再生長分毫。

c7 自制能力未培養成的人，往後的日子，年紀越大越是累己又累人。

c8 人是越年少越真，文章是越老越真。

c9 論理地皮被動物長久踐踏，必然狼藉，必成爲一張破地皮，無顏色，不好看；但老天自有法，天固不可損，地亦以草木而常新。

c10 人，有知、有識、有情，居然會死，真是不可思議。

c11 只要你活着，你便會做錯事，這是無可奈何的事。誰能凡事計算得那麼精確？

c12 文學創作一定要心情對上筆尖，差一個刻度沒對上，便下不了筆。

c13 莫說你是文明人，比照比你更文明的人，你便是野蠻人。據此，到處可見到野蠻人。

c14 看見苦行者自我折磨，你會認爲他愚蠢。但如果他自辯道：我是要將自己這塊爛鐵鍊成鋼。這樣的說法是可以首肯的。

c15 好在男人總比女人身材高，女人纔得以穿高跟鞋以美其臀。設使男人不比女人高，女人不知該穿什麼樣的鞋子好？

c16 我驚訝那些失去人生意義的人，爲何還活得下去？無能事事，乾耗社會元氣，且又對人生無欣賞能力。——叔本華所謂的生存意志，在這裏扮演出可鄙的形象。

c17 飛行掠食的燕子或蝙蝠，一旦其視覺系統或聲納系統有障礙，只有餓死。但人類雖瞎了眼，仍可謀食，命運之差異，在於人類文明已使人脫出直接覓食的機制。

c18 千萬不要當面稱讚一個人生得美，不論是男人或女人，這樣的一句話，或許毀了他或她的一生。

c19 人生一世，最後却無法自己收屍，而煩了別人，這是最爲無可奈何的一件事。

c20 人類終究有一天會運用智慧達到不死，那些造就了人類偉大文化與文明趕不上達於不死的時代之前便死去的天才們，便由這些不死的人來永遠紀念。不死的人會認爲死去的天才們更幸福。

c21 天才都不聰明，全都是笨伯。聰明人，不成器。

c22 有所失必有所得；反之，有所得則必有所失；這是天道。

c23 愚蠢無知的人，最好是少好心，以免肇禍害人。

c24 二十歲至三十歲之間，人各有一段聰明的日子，過此以往，聰明日鈍。

c25 一個惡劣的國家，兩種人尤其受一般人尊敬，律師與醫生是也，緣其人民日常在犯事與患病中過。

c26 成人而仍嗜甜食，這表示其人童心未泯。甜與童心是永遠聯結在一起的。

c27 從唯美者的立場看，醜對人是種傷害。

c28 娛樂本質就是種腐化，不想腐化的人宜應規避。現代資本主義是這種腐化的大力推動者。

c29 技術可以創新，不能創美，就像狗嘴長不出象牙一般。現代文藝創作全是技術，不是藝術，只爲少了那顆美的心。

c30 羅丹認爲自然醜能變成藝術美，那是大錯特錯。他是誤將對技術傳神的歎服之情當美感了。

c31 羅丹的老妓女是技術品，吻是藝術品；前者成功地傳達了出來的是醜，不是美。

c32 人認爲不可能却是可能的事太多了，如宇宙中有既不可能，無亦不可能，可是有無皆現在。

c33 你爲何愛自然界？因爲那裏沒有人類。有人類便有罪惡。

c34 古人所謂書，盡是有益人心，故曰開卷有益。今之書，閒書多，且多淫書，非徒無益，而且有害。

c35 猛吃，猛肥，再設法減肥，這是浪費糧食，乃是全人類的公敵，甚至還是一切生物的公敵。

c36 如有死後世界，則這個現世所以存在之意義，便極其費解了。

c 37 你即使不快樂，也得讓別人看起來是快樂的，這樣別人纔不會覺得這個世界陰霾不開，這是做人的責任。

c 38 禽獸是沒有美感的。

c 39 一個人的美感有多少，即這個人，人的成分有多少。鄉愚極少有美感，這些人極接近禽獸，他們性情質樸，乃是當然的。

c 40 世人活了一輩子，有幾個人曾經擡起頭來看過天？問你本日擡起頭過來沒有？

c 41 人最怕狹隘。

c 42 二十世紀的一大特色，是文藝專家全是文藝的門外漢。

c43 真改過者不多，大部分其實是屈服。

c44 雞生卵如何可能？雞孵卵如何可能？雞育雛如何可能？這三個如何可能，不是進化論能解釋的。

c45 你做個平常人應該慶幸，事實上能夠生爲平常人是萬幸，給你帝王做，你很快便自毀了。秦立國八百年，秦始皇毀滅了它。你認爲你的才幹強過秦始皇嗎？

c46 遠至天邊，近在眼前，這天地間的事物，沒有一件不參與人事。遠在幾十萬光年外的一粒小星，近在腳跟前的一朵草花，都是這個人間的一員。

c47 活在相對中，不是真生活，真生活是絕對的。有人待你好纔活得下去，有抨擊對象纔有活力，這是相對生活，這樣的人很可悲，乃是十足的小人物。大人物過的是絕對生活。

c48 左拉、杜思妥耶夫斯基、卡夫卡、卡繆，一身齷齪。齷齪者生產齷齪，美麗者生產美麗，猶之狗生狗牙，象生象牙，豆生豆，瓜生瓜。

c49 年輕——無價。

c50 宿命是絕對的無理，却是人世的事實。

c51 真正的女人——任一動作都是舞蹈，任一句說話都是唱歌。

c52 世事或皆可勉強，惟獨男女之事不可勉強，即使被遺棄，也無怨恨的權利。

c53 詩人有詩想，哲人有哲思；常人僅有常識。

c54 說人生短誠然短。但人一生飼養過無數的家畜、蟲鳥，種植過無數的花草，這些小生命在人的跟前生生滅滅，無數代地過去，就這個景象而言，人生是夠長的。

c55 一個男人身體的好壞要由女人來評定，因爲這終究涉及種族延續的問題。

c56 夢是人的想像力的作品之一類：以人的好惡爲導引，以睡眠中的生理環境爲背景，想像力由是架構它的作品。

c57 元氣充足不是長壽之道，如氣球灌滿了氣，將有損球皮，必使微爲不足，纔是保健之道。

c58 一個看似完美的人往往可敬而不可愛，反之則往往可愛而不可敬。

c59 有探險家，有博物學家，有人類學家，有思想家，有改革家，有慈善家，有教育家，有宗教家，有物理學家，有化學家，有數學家，有發明家，有製造家，有企業家，有政客，有商家，有農家，有販夫走卒，有火車司機，有貨運客運汽車司機，有航海人員，有飛行人員，有理電髮師，有醫生護士，有水泥匠木匠，有技師技工，有人父人子、人兄人弟、人夫人妻、人親人戚、人鄰、人友、人類，以上這些人，人人皆有正事做，各忙各的，然後有小說家、詩人、音樂家、藝術家、劇作家、演員，來表彰以上各種人在人生正面所做的勞心勞力的事蹟，即用文藝描繪下來人世可歌可泣美麗感人的景觀。然而福樓拜寫了包法利夫人，而且說：「包法利夫人就是我。」那麼福樓拜是上列正面人生中的那一種人？也即是說包法利夫人是上列正面人生中的那一種人？根據福樓拜的寫作，即根據他的包法利夫人一書對於包法利夫人的描寫，我們在正面人生中找不到她，原來她並不是正面人生中的人，她是反面人生中的人。

c60 福樓拜在十七歲時寫的信上說：「我老是看到事物的反面，看到兒童便想到老人，看到搖籃便想到墳墓，看到美女便想到骷髏。」當時浪漫派大師們正在大力表彰正面人生，福樓拜由於老想到反面，於是寫作了反面人生的反面人包法利夫人。

c61 當個反面人生中的反面人很舒服很寫意，不過這得有一個牢固的正面人生爲條件纔行，即得有人從事生產來供她（包法利夫人）行片面消費，得有人從事建設來供她行片面破壞，得有人負責來供她行片面不負責，得有人受苦來供她享樂纔行。穿得好，吃得好，別人的錢便是我的錢，遇見任一個俊男美女便把自己脫光了也把對方脫光了把雙方的性器官湊合在一起，這樣的人生當然很舒服很寫意很誘惑人，怪不得福樓拜出了這本書，被捧爲劃時代的大小說家，而人類越是墮落，福樓拜在文學史上的地位便越是崇高。

c62

若是世間只有反面的人生，即是說，人人都成了包法利夫人，則這個人世將是父不父，母不母，子不子，兄不兄，弟不弟，夫不夫，妻不妻，親不親，戚不戚，友不友，鄰不鄰，人不人。其實這樣的人世一刻也存在不了，因此包法利夫人只有以非正命的自殺爲其下場。然而這樣的一本小說居然會被捧爲無上的傑作，我們實在感到十分的迷惑：所謂的文藝評論家果真有個健全的心眼？萬千讀者是不是真有自己的眼目？嗚呼，文藝史上究有多少作者由於世人智慧的渾茫，心眼的瞎盲，而僥倖成名者？

c63

福樓拜說：「包法利夫人就是我。」其實福樓拜一生未婚（但有私生子），不賭博，也未負債自殺；他根本不是包法利夫人者流的人。他本人是一個正面人，不是反面人。多數人內裏都有或多或少的反面人在蠢動，但至終都被正面人箝制着，其反面人終不得現形，反面人只能在其人的想像中或白日夢中現身，如此而已。福樓拜可憐地宣稱：「包法利夫人就是我。」其實他沒那膽子去當真正的包法利夫人，他只是透過包法利夫人來乾過反面人的癮而已。不幸的是，他的書却鼓勵了不少讀者去過反面人的真癮，這是大罪過，自己沒膽子下地獄，却煽動別人去下地獄，這是懦夫的行徑。其實福樓拜既然宣稱「包法利夫人就是我」，就應該率先踐行包法利夫人式的人生纔是，可是他做不到，他做得到的，只是自欺欺人而已。人自欺是誰也管不了的事，然而却有那麼多的人接受被欺，這種沒頭腦沒眼睛的人竟然充斥着人世間，真是不可思議。

c 64

給人一個聖人的身體，人不可能有惡行罪行。給人一個常人的身體，此人得時刻克勝其身體，否則罪行惡行將是難免。世上每個人，私底下無時無刻都在跟自己的身體搏鬪，老天有心，當爲之憮然自問。

c65 惰性未必全無是處，惰性其實是人世的鎮靜劑。若人無惰性，社會將在人的過份彈動互撞中不得安寧，甚至瓦解。

c66 沒有偉大的性格，便沒有偉大的人格，便沒有偉大的成就。

c67 我常大惑不解，人們怎能絲毫不涉及不朽的觀念。人們滿足於當一代的帝王，一國的政客或富豪，或一地的小人物，這些，全都在刹那之後便朽了的。

c68 人往往在某一方面是巨人，在另一方面却是侏儒。

c69 年輕人跟老年人的一個大分別是，眼前的日子對年輕人來說是未知數，對老年人來說却是已知數。

c70 無可奈何的事太多，這些事妨害個人的幸福，令人與人的常態關係無法維持。這些事教人負上各式各樣的罪名。氣力大小，人人不一，但你拉不動你的愛，這就是無可奈何。

c71 人活着是感情在活着，誰能永遠心平氣和，不動聲色？去除了感情，這個人活着便成了工具，他或許會是一個非常的大工具，比方成爲發明核子彈的工具，可是這個人的自我却是不存在了，消失了，死了。人活着是感情在活着，自我就是一個感情的團或核。

c72 出奇制勝，兵家的話千萬不要聽信，事實是出奇者一敗塗地。

c73 對牛彈琴，至少無害；對人誤彈，遺害無窮，好意往往招致禍患。

c74 一個人的意識走樣了，還是你的親人嗎？不，僅僅是軀殼，便不是了。

c75 人要活下去，須付出非常之代價。僅僅是時刻戒備死亡，便是難堪的負荷。

c76 有王朝而後有美人種，王朝持久，遂成為美種族。無王朝則一皆為凡民，鼠頭麞眼，猴面豬喙，因無累代優生，無緣得美人種族也。百越自商以來無王朝，故形容卑陋，不可寓目。

c77 凡技巧、藝文、學術、思想，其極高處蓋在幾微之間，遠非常人之所能領會。此極高處，無以名之，姑名曰微積分境界。

c78 女人中的女人，也就是不講理中的不講理，無理性中的無理性。

c79 春秋無義戰（孔子的春秋經認為春秋二百四十二年間沒有一次戰爭的發動是合理的）。希臘人為了一個女人發動征討 Troy 之戰，這是人類惟一一次合理的戰爭，但巴里斯和海倫都沒有錯，錯在老天，老天不該賦予人類一見傾心的男女之愛。

c80 一個人的生死，對其本人而言，是無所謂的，對家庭、社會則有所謂。若沒有家庭和社會，一個人生和死，同樣的無意義。

c81 杜思妥耶夫斯基、左拉、卡繆、卡夫卡，這等人的精神狀態都有問題；至少其人格的形成是有問題的。

c82 一個男人看見年輕女人，直覺得她是播種的適當對象，這是老天教他的；看見年輕女人而且美，直覺得她是優生的絕佳對象，這是老天教他的；於是他一往赴之，你以爲他有罪嗎？即使他使用了暴力。

c83 俗世是一個依本能直行而無反省的世界，仍是一個動物世界。無反省便不是人。

c84 牠怎麼隨地撒尿？牠是動物啊，牠是自由的。

c85 人該容忍別人，不該被容忍，被容忍乃是罪過。

c86 我們對於別人做的事，應先從欣賞他佩服他感激他來動念，切忌一著眼便挑剔——這是不成器者的通相。

c87 I.Q.高低與做錯事的機率或肇禍的機率的高低成反比。

c88 說感謝一盞燈火，人們必定會認爲此人是瘋了；可是要說真正懂得生活的人，此人正是。

c89 如果你工作只爲活着，那麼活着有何意義？

c90 兒童的觀念中，世界僅僅是一個空間的存在，時間乃是空間的拓展，故存在一概是永恒的。

c91 住過一段時日的居處要離開也會依依難捨，乃至於泫然淚下。叫人將活了一輩子的自己整個丟棄，人之悲傷是當然的事，可以說乃是殘酷的事。然而這個殘酷的事卻是事實。

c92 享受是盡了責任者老來的報酬，年輕人享受是罪過，甚至是罪惡。

c93 有聖母而後有聖人，問天下的母親，你是打算怎樣對待你的子女？

c94 一株臺灣杉，盡其量可長到一百一十公尺高，它長到一百一十公尺高，它便盡了它的天賦；若它只長到四十五公尺高，那是地利限制了它，它一定是盡力了。從來沒有一株臺灣杉愧對過自己，可以說從來沒有一株植物愧對過自己，人亦合該如此。

c95 達者有喜而無怒，而認命者亦有喜而無怒。人到得認命無怒的境地，可是悲哀之至也。

c96 陳冠學跟和尚吃飯，談及女人。

和尚曰：臭皮囊，不值一顧。

陳曰：分明是明眸皓齒，曼頰豐肌，溫香軟玉，可愛萬狀，何得說她是臭皮囊不值一顧？

和尚曰：不幾時，終歸是眊眸豁齒，凹頰乾肌，冷灰槁木，走避之惟恐不遠，何可愛之有？

——陳呵呵大笑，曰：大和尚，咱們這桌菜不吃也罷，三兩日後，終歸是餿敗發臭，蠅集蛆蠕，吃不得也。

和尚啞口無以對。

＊　＊　＊

按所謂存在，乃是一個確定的三度空間黏貼着一個確定的一度時間。和尚是把兩個存在混爲一個存在，故末了他連一口飯都不得吃。

c97 人世事無一非機率中事。機率中有宿命，這纔是難解。

c98 不足之謂貧。故貪而無厭者，雖富實貧。足之謂富。故寡慾者雖貧實富。

c99 多數總是錯誤的，真理喜歡少數。

c100 天才是天惠；善良是自惠。

c101 你孤獨，這表示你不是俗眾。

c102 不是他老來仁善，是他已無力作惡。

c103 民眾是瞎子，有耳無目，循聲而已。

c104 惡的根源往往是善。

c105 小心，莫要去憐憫魔鬼，你以爲可憐的人，十個有九個是魔鬼。

c106 生雖未得我同意，死須得我首肯；若有天理，這是天理。

c107 老子說：「禍兮福之所倚，福兮禍之所伏。」其實這些都不是真禍福，其間自有不妥當處。確實的禍，不可能得福；確實的福，也不可能致禍。若你不想致禍，那麼你必須戒慎：不要得不妥當的福。

c108 站在同一個角度，只有一個觀點；觀點所以紛歧，只爲角度不一。

c109 在人生舞臺上，人人都是演員，只是全都演着沒有劇本的戲。

c110 有兩類作品：一不讀可惜，一不讀不爲可惜。這可惜不可惜便是衡量一切作品的權稱。

c111 有一天，湯瑪斯．曼拿了一本卡夫卡的小說給愛因斯坦，數日後愛因斯坦將那本小說還給湯瑪斯．曼，說：「人性並不是這樣複雜的。」若愛因斯坦讀了卡拉馬佐夫兄弟，必定也會這麼說。若我是愛因斯坦，我將更直截地說：「人並不是這樣的。」

c112 描述黑暗，無補於光明。要指示光明，只要點著一盞燈。杜思妥耶夫斯基生命的畸型，使他耽於黑暗，耽於罪行，做爲一個小說家，他沒有點燈的能力。

c113 人世事十之八九繫之人的觀念，故佛家乃謂三界唯心，萬法唯識。故人世苦樂，但從人心中調整，地獄天堂一念之間而已。就日常而言確是如此。但人世事尚有十之一二却不是觀念，乃是事實；事實是不能從人心中調整的。生死有無全是事實。親人死了，人無法從心中調整而令復活；一枝藤條或鞭子打你，你不能從心中調整，使之化爲烏有而打不著你。事實問題須以事實處理，觀念翻不動事實。要超脫生死，須從醫學下手；要翻轉有無，只有去製造或去銷毀。但佛家卻連十之一二的事實也籠統地以觀念待之，這是莫大的錯誤，誤人誤己，遺害無算。佛家造孽，何止如山如海。

c114

國家、政府之存在，乃是人類之恥辱。

c115

人是能選擇，有選擇的。今之文藝，非惟題材無選擇，且爲反選擇，至以非爲是，以惡爲善，以醜爲美，以臭爲香，悖逆人性。其所以如此，蓋坐不甘寂寞，而求發前人之所未發。

c116

人類文明之演進，有如拓荒，先沃土而後磽原。無怪本世紀以來（其實早自十九世紀後半以來），文藝創作之貧瘠無物。蓋沃土早爲前人發盡，今之所發，皆前人所不屑發者。——卡夫卡臨終時，始省悟其蛻變、審判、城堡等著作，皆係前人之所不屑取者，遺囑其友人予以焚毀。蛻變早已刊行，而審判與城堡卻在卡夫卡死後纔出版。死，或可能是件好事，但就其令人不及補過而言，卻真正是件壞事。若人死後有知，不知這位朋友將怎樣在地下跟卡夫卡見面？

c117 包法利夫人、罪與罰、卡拉馬佐夫兄弟、攸里西斯、聲音與憤怒、異鄉人，全是前人之所不屑發。

c118 人類終究必達於不死，這是宇宙進化的設計，可以預卜。

c119 人普遍的死不了，就這一點而言，人是邋遢的生物。一般動物不能行動了，至多幾天內便死了。人多數死得不乾不脆，且不乾不淨。

c 120
想像力就是赤子心，失去了赤子心便失去想像力。失去想像力便死黏貼在地面上，任令現實的洪水淹浸。

c 121
大人物警覺性極高。警覺性低的人，不可能是大人物。

c 122
只要能掌握住每一機率，千萬年瞭如指掌。神祕界的神知或真知有此能力，能推知過去，預知未來，人遂認有宿命，其實這只是事實陳述而已，宿命是錯誤的認定。你逃不出孔明的神算，你不會認爲是宿命，你只會佩服孔明算得準而已。

c 123
世俗必然是不道德。

c 124
凡人行事，不一定要真有意義，起碼得自認有意義，纔有動力。

c125 人在許多方面，是無知者，必然會在這許多方面做出無知的事，因而害己害人。你只要跳出你的經常，你就是無知之人，就陷在危險中。

c126 牽掛多者不足以當大事。牽掛以親情、兒女之情及產業爲多。於此提不起放不下，則但可做小丈夫之細務耳。

c127 你不滿平庸、不滿現狀，你得先看你自己平庸不平庸。若你自身便是個平庸的貨色，你就沒資格不滿平庸，沒資格不滿你的現狀。不論你是何等人，你得先自我認明，你有本事插上一對翅膀，你纔可起飛，否則只會製造事端。

c128 包法利夫人是個平庸而不認本分的女人。據說現在全巴黎滿是包法利夫人，這是法國的不幸。

c129 一隻螞蟻厭惡當螞蟻，想當隻蜂。然而牠是隻螞蟻，不是隻蜂。

c130 螞蟻有螞蟻的現實，蜂有蜂的現實。各有各的勞苦，腳有腳的勞苦，翅膀有翅膀的勞苦。

c131 凡物，盡其本分纔是無上的正覺，反之則是迷。

c132 螞蟻一旦變成了蜂，便另有了蜂的本分。無所逃於天地之間，本分永遠跟隨着你。

c133 力微則詐。獅子不必狡猾，狐狸則必須。男人不必狡猾，女人則必須。性格實出於勢。石塊下的草芽必須曲出，勢也。

c134 六祖壇經只是一部小說，漏洞百出，俗見連篇。此小說蓋依仿漢末大儒鄭玄成學故事而塑型者，大得傳奇效果，遂令其主人翁獨擅大名，度越禪林。

c135 庸俗世界無平等觀念，人人皆想居人頭頂，你平等看待他，等於自我作賤，他便賤視你。

c136 試將天才剔出人類史外，人類只成了一個獸群而已，至多過着蜂蟻的社群生活而已，永遠不會有進步，不會有改變。人類是端賴天才纔成爲今日的人類。

c137 無利害關係時寬待同類或異類，之謂善。無利害關係時侵害同類或異類，之謂惡。

c138 世之所謂善，未必即善，而惡往往根於善。

c139 對於勤苦的人，病在床上是種享受；這話聽來多令人心酸。

c140 爲了創造出更好的生，故有死；換句話說，一旦不可能再創造出更好的生，便不會有死了。

c141 作畫摹寫自然，再好也是老天的作品，不是自己的作品；緣其無創作也。

c142 死是一個問題，活着又是一個問題。

c143 僅就生命本身而言，年輕人無內憂，多數亦無外患，乃是人生的太平盛世。老年人多數則像是亂亡之世。明知再無太平日子，還等待什麼？

c144 女人在能力、才智方面落後男人甚遠。一旦女人在這兩方面有了長足的進步，則這個女人便愈來愈像個男人了，而且她也不願意再當女人，於是她的結局便很可悲了，她只能當一個人。

c145 人做爲有尊嚴的直身動物，付了不小的代價，因爲直身而有痔瘡。

c146 人全身的舊血是由靜脈直接送回心臟，只有肛門這一系統的舊血經由門脈先送到肝臟處理而後再回歸心臟，因爲肛門這一系統髒。可知這是特別設計。

c147 一個醫學院的解剖學教授叫學生繪畫內臟圖，他指着學生繪畫的內臟圖說：你將這個臟腑畫在這個位置，外科手術可能嗎？可知內臟位置，早爲外科手術預設好了。

c148 在人智未開之前，人平視萬物。殆人智已開，人方始卑視萬物；於是地球遂成了萬物的地獄，因爲這裏有了一種名叫人類的惡魔。

c149 大同世是一個人口密度稀薄之世。

c150 現在是一匹不讓任何物體任何生命長久騎在牠背上的馬。

c151 檢查本能而後行者，人也。

c152 人終歸是一段生死。問題只在於該如何生如何死。

c153 既已荷鋤下田，便是要耕作；既已出生爲人，便是要好好做人。今你不好好去做人，却講來生，豈非將此生孤負了？踏不過此生，那到得彼生？

c154
只因爲我是人類，我不能墮落，爲維持做爲人類的尊嚴，必須讓我的生命優美，如此而已，來世於我何有哉！

c155
盼望個人靈魂永在，這太非分了。人在大宇宙中，如此渺小；宇宙尚且有毀滅，何況這渺小的個人？

c156
名利之心俗人盡有，推其原本，蓋在於求生衞生。小乘求阿羅漢，大乘求成佛，求生衞生，孰大於是？

c157
你肯定這個世界，這個世界對你便是實在的；你否定這個世界，這個世界對你便是虛幻的。而你肯定另一個世界，那個世界却不會因而變成實在。

c158
老天給一個女人以美貌，原是優待她要她當貴婦，而女人却往往賤用自己的美貌，反而成了賤婦，殊爲可惜。這跟男人聰明反被聰明誤，是同一覆轍。畢竟有持有的格，方有持有的福；沒有持有的格，持有反徒爲禍。

c159 在病人的眼中，健康人是多麼幸福啊，這麼幸福的人生，那可能還會做出惡事？可是做惡者，却全是健康的人。

c160 一半的機率沒有價值。

c161 夫婦相敬如賓，很難想像。如親如友則不難想像。

c162 所謂成年或成人，所意味的，多半是肯定此人的生殖能力與自衞自立能力。成年或成人，並不意味着様様事情都可跟人平起平坐，尤其論事或論理，若非有專學，是不容置喙的。但我們看見人們在任何事理之前，大多都坦然敢於表示己見，而且多半不服別人的見解，即使是專家，這真是怪現象。國會若只由成年人或成人來組成，而非專學之人來組成，則這一國的國民不可能有好日子過。

c163 有立場便難於接近真理。

c164 爭鬪昇華爲競技，到此人類纔真像個人類。

c165 貪婪與淫亂是人類的兩大罪源。單就淫亂而言，僅僅是容貌的暴露，已引發罪行滔滔，更何況是身體的暴露！好容貌未必人人有之，但煽火的青春肉體則少艾者人人盡有，暴露身體的災禍可以概見。現代是暴露的時代，淫亂的災禍正隨着暴露率的昇高而昇高。暴露者是女人，無辜者也是女人自己。

c166 人性對食物的要求有二：可口與滋養。人性對文藝的要求也有二，也是：可口與滋養。但是自十九世紀後半以來，多數所謂文藝名著或名作，我們的確看不出它既可口又滋養。文藝正在違離人性而遠去。這種違離人性的作品，實不宜再稱之為文藝。

c 167 人生各階段有各階段的生活各階段的事做，但人往往只留戀青春這一階段，這使得爾後各階段的生活和工作都走了樣，這無異植物只開花而不結實，這種植物我們叫它麻木不仁——發了瘋的樹木不結果仁。試問沒成果的人生是什麼樣的人生？

c 168 叔本華說：植物沒有感覺的能力，因此也沒有痛苦。叔本華深受印度否定思想的影響，不能有正面的肯定。我則願替植物表白這麼一句心聲：我們植物啊，多羨慕你們人類，有那樣敏銳的感覺能力，你們感受到那麼多那麼豐富的快感和美感，你們活着纔真值得。

c169 愛默生的散文，大率只是漂亮話的堆砌，終究不知所云。

c170 不要勉強老人飲或食，往往不測。

c171 死是一個終結的事。單是活着，即有值得活和不值得活的兩種現實。只要是值得活着，則活着便是一個與死無關的單獨事件。

c172 本世紀的文藝創作，只要下筆肯墮落，必然成名。哀哉！人類是走入墮落的時代了。

c173 感情本來就沒有眼睛。

c174 凡事用欣賞的眼光看，處處是美妙的人生。

c175 凡腦中司自制細胞不發達，司暴力細胞、司恨細胞特別發達，性結構過分強盛之人，應自發地不生育，這是對社群的責任。

c176 一無可敬的人生不好過，因爲人們連看他一眼都覺得不值得。這種人一旦有了一抛雞屎般的臭權在手，可就威風了。我管這種人叫公所職員。

c177 植物僅有生命體，動物則兼有靈魂。

c178 食肉者鄙，自古云然。

c179 一個恥於爲己求利的人，不可能信仰宗教，因爲宗教的出發點是利益買賣。你信仰我，我給你利益：你病了，我讓你痊癒；你要死了，我讓你免死；你死了，我讓你永生。全是大利益的買賣。

C180 禽獸蟲豸般地過一生，是未解此生。信仰宗教過一生，是誤解此生。

C181 我們看事物，看世界，無不帶着我們自己的觀點。叔本華認爲這是對事物對世界的汚染。能夠純粹地看，世界萬物是夠美夠清純的。誰能純粹地看到世界萬物本來面目的美？詩人！

C182 不要怨恨別人對你掩鼻，因爲你臭。你香，任何人都會喜歡接近你。

C183 女人穿緊身衣褲入眾，無異裸體見人。

C184 自從人類進入文明，人類纔跟上鳥獸，成了有穿著的動物。這之前，人是不如禽獸的。自後人類只當要交接纔再裸露身體。但現代女人喜歡當眾裸露，或裸上或裸下，或薄穿緊穿以露形，這表示她們隨時隨地都在渴求交接，於是男人便滿足她，而法律則指爲強姦，實是顛倒黑白。我有力立法，我將立一條新律：男人有強姦裸露女人之法定義務；男人不強姦裸露女人者有罪，除非該女人實在太醜，雖是太醜，能勉強爲之者則有獎賞；但侵犯不裸露女人者爲罪大惡極，立闍無赦。

c 185 女人宜以母性引導男人，不宜以雌性引導男人。今之女人多方暴露其性感，是拿雌性引導男人，故強姦與離婚層出不窮。吾無以名之，強名之爲猸狗母文化；猸狗母文化是性淩駕一切的文化。

c 186 看見獅子，閉起眼睛，便以爲獅子不存在了，這是佛理的解脫之道。

c 187 造物造此世界，是要你入，不是要你出。

c 188
發源於印度的否定思想的哲理或教理，把人生說成地獄不如。其實只要每件本能都經過理智的檢查，人生是惟一的天堂。老天賦予人類理智，便是給予人類一把開啓天堂的鑰匙。只是人類仍是依循本能行事，不肯動用這把鑰匙，遂令人世成了地獄。

c 189
人，沒有比沒心腸更可怕、更可悲的。若你的至親有這種人，你的一生很悲哀。最好你自己不要是這種人。

c 190
連對自己都沒心腸，這太可怕了。

c 191
千萬勿背對禍害，人自衞的手腳耳目都全生在前面。

c 192
只一個健忘，老人便應該退休，以免誤事；在家庭亦然。

c193 民主與資本主義是人類的大墮落，卻是不可避免的一段過程。民主是量化，不是質化，故爲大墮落。資本主義是爲富不仁，即以攫財爲其惟一目的，故其本身是一個不道德的主義，反理想的主義，故爲大墮落。這段時間，人類是走在人類史的谷底，以前沒這樣低過，以後也不會這樣低。

c194 民主是資本主義的孿生大哥，民主不先生，資本主義便生不出來。

c195 知識可教，性情不可教。性情之改變須透過自省，他人無用力處。教之者但能促其反省，若其本人不肯反省，雖聖人亦無如之何！

c196 家家戶戶都有一本難唸的經，這些問題全屬無理性的，不是理智處理的了的，這纔是難唸。

c197「美景如詩，江山如畫。」此語中的詩畫代表美，這是舊時代的詩畫，所謂詩情畫意，全是美的。但二十世紀的詩畫全已代表醜，今日如有江山如畫、情意如詩，將是可怖之至了。試記起本世紀的所謂名詩（如龐德、T・S・艾略特）、所謂名畫（如「立體」、「野獸」、「超現實」諸派諸畫風），有江山如此，有情意如此，豈不嚇死人哉！其近今等而下之者，尤不可堪矣！

c198嬰兒撕一小片紙予之，有看不盡的新鮮與美。大人能保持此赤子心者，莊子書所謂真人者是也。

c199宗教是心理的阿片、嗎啡、安非他命。信仰宗教與吸毒無異，是頹廢不自振，是不斷憑藉毒物爲生，終至蝕掉其一生。健康的生命純粹勇健，不假他力。

c200 人達到任耳目所接全是美，這是無上之福，這種福端賴心地之涵養而得，萬一涵養不到，那麼以餘日無多的臨死之情來看待萬事萬物，也可以得到。回頭看和向前看，所見截然不同。回頭看總是看見了美和可愛，向前看往往看漏了。

c201 你說：人命關天。其實老天全不管人死活。

c202 知否？你身上多出一斤肉，是耗掉多少植物或動物的生命來造成的？

c203 何謂勇？曰：捨得。

c204 人生活在現實中百般黏著沈淪，人藉由想像力飛離現實，翺翔於夢想中的世界，這個超越現實的夢想世界藉由文學、音樂、藝術的創作而成爲一個具體而在的世界，故文藝有拯救力解脫力。若文藝而再黏著於現實，那裏還是文藝？豈不成了另一個現實了？這樣的文藝既無拯救力也無解脫力，益加沈淪而已。十九世紀後半以來，因門外漢當道，文藝幾已滅亡，心靈的救濟亦隨之而亡。

c205 一早起來，天光明亮，健康的日子。

c206 在陽光豐沛的屋頂下；在陽光豐沛的田野中。

c207 每件事都有好壞兩面，老天爺也做不到只有好的一面，這是鐵律。凡事適可而止，可以僅得好的一面，而免得壞的一面。

c208 命理易知：隨俗浮沈者必有俗福，特立獨行者必無俗福。甘泉先竭，直木先伐，故紅顏薄命，才士早世。

c209 人人都愛自己生得美，只爲美可博得人愛。但也有美而不博得人愛者，是其人心醜故。人人都怕自己生得醜，只爲醜惹人嫌。但也有醜而惹人愛者，是其人心美故。

c210 看，那個女人一身珠光寶氣。是的，只爲她本身一文不值，纔戴這些珠寶來造價。

c211 耳環、項鍊、手鐲，原是女奴的身分標誌。這些女人，自甘終身爲奴，下賤之至。

c212 一般動物食色之外，無事可爲，人類則反是，人禽之辨於此見之。

c213 年紀漸漸老大了，生存的意義也漸漸消失了。

c214 依照進化論，人類是自猿猴進化而來。這若是事實，人類母體便不會每月產一次卵，而是有相當長的定期，即一年只產一次卵。若事實如此，則全人類母體每年同時齊一發情，豈非天下奇觀？進化論者連這麼淺顯的事實都能忽過，其主張進化論，豈非得資質遲鈍之便而然？資質遲鈍亦有一便，勇於主張自是是也。

c215 人之天資與意志往往爲性情所限，不可不知。以忠厚爲例，忠厚者感應往往遲鈍；而仁者多弱，故有仁弱一詞。改變之道，在於調整性情。此言非在鼓勵刻薄與不仁，但這却是一個真實問題。

c216 浮出自覺面，纔有生死，否則生死全是渾沌。

c217 日常生活中，便有自然法院，沒有法官，却有審判和刑罰，人人不免，這種自然刑罰，名叫天刑。

c218 地球是人類的家。二十世紀的人類正在盡情地開發和消費，正在傾家蕩產。二十一世紀的人類恐將無家可歸。

c219 若螞蟻也尋求不死或尋求靈魂不滅，人會覺得好笑。其實人應該笑自己，人與螞蟻在生存的地位上是無差異的，即在生存地位上眾生一切無差等。所異者，人有智力，或將於稍後的將來獲得不死，則到那時，靈魂不滅的問題將是多餘的了。

c220 一落實際便是煩惱，克服得實際，煩惱乃除。無實際的人是有福的，兒童是也。然古今兒童亦多有實際者，古之兒童未齔而身落實際者多有之；今之兒童為學業所加，煩惱或過於成人，至有自殺者，哀哉！逃避實際以求無煩惱者，佛理是也。佛理是要大家都當兒童，但兒童非有大人則不得活，則是誰來當大人？

c221 千萬勿養成求十全十美的癖性，此性既非成事之性，也非有福之性。

c222 各人有各人的享受。負日之暄人莫知者，這是一種享受。我的享受是：黃昏前搬了一把矮椅，坐在新屋頂，看天看地，看鳥隻在空中來去。

c223 人有兩個年段頗不像人，一是變聲期，一是更年期。前者既不像小孩又不像大人，後者既不像少年人又不像老年人，同是兩不像。這兩個期，一個失落了兒童的身份，一個失落了年輕人的身份，而後一段身份又尚未獲得，故無所屬。尤其更年期，別人已不認你是年輕人而自己又不能認老，最難自處；而尤其悲哀者，是開始體驗異性不再看你一眼的冷落感。但真正歸入老年，異性不看一眼，早已習慣，也已自認，此時生趣也差不多盡了。

c224 女人著衣之美，繁富之至，一切生物無有能及之者。然多夾帶肉感與性感爲不純耳，惟其不帶肉感與性感者，爲純美，雖造物主見之，亦當膜拜而禮讚之矣，是誠致女人美於至極者也。吾以此爲天下婦女倡，盍興乎來！

c225 惟其生而無憾，故死乃得無憾也。大哲康德臨終曰：佳哉死乎！苟非生而無憾，安得至是哉！

c226 強者有強者的邏輯，弱者有弱者的邏輯。

c227 人的發瘋不由病毒感染，而獸類則必經病毒感染。這裏看出瘋狂內在於人。這是人類生理結構先天的一項致命制式。

c228 知之事甚難，自有生民以來，至牛頓方知有萬有引力，不其難乎？

c229 人心一樣受着地心引力的牽引，向下爲易，向上爲難。

c230 女人少有品味，只會趕時行。一個服裝師或髮型師，輕易可玩弄全世界的女人於十指之間，要她們裸就裸，要她們醜就醜。女人簡直是沒有眼珠，不可能有美感。

c231 假惺惺總比不要臉好。

c232 沒有美感和詩意，人生是沙漠。這是正態人的人生。對於變態人，只要是新，即使是新的臭穢，都是綠洲。二十世紀九十年代的今日，人類以變態人居多。

c 233 人與人的距離愈遠，心與心的距離愈近。現代交通工具縮短了人與人的距離，却拉長了心與心的距離。

c 234 晨鐘暮鼓要在安靜的世代纔聽得見，這個噪音充斥的世代，還能聽得見什麼警醒的聲音呢？

c 235 坐也不好，立也不好，那麼最好是躺下來。

c 236 進也不得，退也不得，你已在囚牢中了。

c 237 花鳥業是好職業好事業，怡悅過日。醫瘞業是壞職業壞事業，踧踖過日。職業或事業之選擇正不可不慎，選了踧踖業，一生漫長如此過，豈是值得？

c 238 藝術家論理應是福最大壽最長的人，因爲他生活在純粹的美中。若藝術家而無福早世，那是他另有別的不好生活。

c239 眼看着玫瑰叢一枝枝向天高伸，伸過了人頭，它再開花，也不便觀賞了，除非它低下頭來。

c240 兒童忙於玩要，年輕人忙於戀愛，壯年人忙於成家立業，老年人忙於治病。

c241 想消除苦惱或煩惱之前，先消除慾望與牽罣。有慾望與牽罣便有苦惱與煩惱。

c242 若你患了無聊病——此病大抵出於命好，不妨尾隨一隻狗，往往有意想不到的療效。

c243 沙漠中的植物必耐旱，沼澤中的植物必耐浸。城裏人耐浸，鄉下人耐旱。

c244 應時時刻刻想到同一個屋頂下的人好不好過。

c245 愚蠢無知自有愚蠢無知的好處，可因而獲得內心的平安，信仰的篤定，甚而一生充滿了愚蠢無知的美感。但它的壞處可多着啦！

c246 一座理想的現代城市，一切車輛都應轉入地下，地面上連腳踏車都不許使用。讓行人在大街上優哉遊哉地行走，一無顧慮。

c247 共產主義失敗是注定的，因爲它違反一般人性。一般人性是自私的，馬克思立說之先，忽視了這個立腳點。

c248 一顆純樸的心，沒有性感之心，這是一顆無上之心。若你看見年輕貌美的異性，只感到他或她的美，而不感到他或她的性，你便是有一顆無上之心的持有者，恭喜你！

c249 對自己不滴一滴眼淚，這是對待自己的最佳態度。

c250 可以憤怒，不可以長吁短嘆，最好是冷靜地處置。

c251 一旦進入老年，便應袒胸歡迎死之來，拒死是可鄙而愚昧的。

c252 在黑暗中睜眼，也看不見什麼。

c253 就機率而言，人要進入歷史，比登天還難。故古希臘有放火燒帕德嫩（Parthenon）廟的人。此人自認無才能，不能留名青史，遂放火燒神廟，期因而被記入歷史中。

c254 只要生物有衰老，死是好事。人，不論因久病或衰老，既已不能欣賞人生與自然，不死何爲？

c255 從來才子皆不成器具。以才子而從事文藝，浮光掠影而已，無有真份量之作品。李杜皆非才子姿態。

c256 人類是藝術生物，人類並不白吃、白穿、白用，舉凡飲食、衣著、用具，無一不賦予藝術的形式；即使一個小小的膠水瓶，都美得在用完後，令人捨不得丟棄。

c257 孔子云：予欲無言。人世之不可救藥，孔子早於二千四百年前，宣言予以放棄。

c258 生命兼跨時間空間兩界，脫却時間，落入純空間，便是死亡。故空間是生命的墓穴。

c259 即將來臨的二十一世紀，人類社會最大的負荷，怕將是老而不死的一大堆老人。

c260 人，一旦生育過一二兒女，便應節慾，好將精力轉用在有益人世的事業上。其實種姓延續的責任已了，性器官已成贅疣，索性可加以閹除，也可減少家庭和社會問題。

c261 人類只要超越不了生存本能，人世便不可能獲致太平。只要人類是聽命於生存本能，罪惡便籠罩着人世，上自王公，下至乞兒，全都是賊和兇手。

c262 哀哉，聽命於生存本能，便是禽獸之不如。禽獸聽命於生存本能，並不產生罪惡，人類聽命於生存本能，觸處即是罪惡。

c263 一般人出世在俗世，長成在俗世，成爲一個俗世人。以俗世人而從事文藝創作，亦止乎俗而已。所謂俗者，是依生物生存本能發展而成的一套人文是也。此一俗的人文，罪惡滔滔，醜陋不堪，故其發爲文藝，全無可觀無可賞。以庸俗生命從事文藝，猶緣木而求魚，乃是不可能的事。

c264 文藝生命是純美的生命，故發爲文學、藝術，則呈現爲一派的純美，是以人見人愛。

c265 一旦脫盡生物生存本能，純美的生命便於焉形成。如何超脫生物生存本能？曰：懷抱理想。

c266 “You are the winner.”此語聽來，令人毛骨悚然。一個 winner（贏家）的背後，知有多少個 loser（輸家）啊？西洋人的觀念，竟是如此血淋淋，你不以爲生爲東方人幸福嗎？

c267

自由是立腳於有知這個基礎上的。任兒童自由進食，人類必成爲無齒動物，糖果將在兒童期把人類的牙齒悉數摧毀。任少年自由行事，人類必成爲身心發育不良的動物，荒戲與早交雜交將在少年期把人類的身心發育整個摧毀。父母的強制是維護人類不滅的天責，一旦父母的強制撤除了，人類的滅亡僅僅是兩代間的事。未成年人根本無自由之可言，這是天規。那個民族，給予未成年人以自由，那個民族將先從地球上消失。那個國家，給予未成年人以自由，那個國家將先從地球上消失。以現況觀之，美國將是第一個從地球上消失的現代國家。

c268

生鐵經千鎚百鍊而成鋼。讓生鐵擁有自由，不可能接受千鎚的骨肉之痛，則終是生鐵而已。兒童與少年亦然。

c269

沒有幾個人有資格擁有自由。對於絕大多數人，擁有自由是禍不是福。

c270 袁枚說：「作史三長，才學識缺一不可。余謂詩亦如之，而識最爲先，非識則才學俱誤用矣。」按：識所以判斷是非曲直該不該值得不值得。就因爲無識，才學誤用而有了核子彈。就因爲無識，才學誤用而有了包法利夫人、卡拉馬佐夫兄弟、酒店、娜娜、攸里西斯、蛻變、審判、城堡、異鄉人等作品。

c271 宗教信仰，終始是我字大寫。真正無我者，是孔孟之教。

c272 孔門中有個魯鈍的貨色曾參，臨死時叫子孫看他的手腳，看有無缺指（趾），說什麼身體髮膚，受之父母，不敢毀傷，却忘記他的老師教他「有殺身以成仁，無求生以害仁」。此人是孔門的留級生，他是我字小寫。

c273 陳冠學與客談佛理。客說：眼耳鼻舌身意六識是六個迷津。

陳應道：果如所言，且先將眼挖了、耳鑿了再說——莫說劓鼻、割舌、削皮、刳心。

客啞口無以對。

＊ ＊ ＊

按佛理是吃飽飯說風涼話，享用六根，反嫌六根。其實無六根，便是植物人，佛是植物人嗎？西天是植物園嗎？

c274 神通是神來舍，不是人有此能力。神通者，是身體被神佔用了。把自我從腦子裏趕出去，神就進駐你的身體，便有神通了。

c275 人類犯的所謂罪惡，老實說，泰半都應歸老天負責。

c276 宗教信仰，正說倒說，橫說豎說，總是說，怎樣做對自己最有利，完全是生物生存本能做主。孔孟之教，只叫人怎樣做纔像個人，絲毫不計己利，是超越生物生存本能的一種教誨，非常可敬，非常崇偉。宗教相較之下，甚爲卑劣。

c277 天花病毒只對人類有害。爲什麼？因爲只有人類纔有一張平滑的臉。

c278 人說大自然是一座其大無比的大美術館。的確，自然界億萬種品物，無一不是匠心獨運的藝術製作。進化論主張一切出於進化，你能想像得出是整一的機率嗎？

三民叢刊書目

㉑浮生九四
・雪林回憶錄 蘇雪林著
㉒海天集 莊信正著
㉓日本式心靈
・文化與社會散論 李永熾著
㉔臺灣文學風貌 李瑞騰著
㉕干儛集 黃翰荻著
㉖作家與作品 謝冰瑩著
㉗冰瑩書信 謝冰瑩著
㉘冰瑩遊記 謝冰瑩著
㉙冰瑩憶往 謝冰瑩著
㉚冰瑩懷舊 謝冰瑩著
㉛與世界文壇對話 鄭樹森著
㉜捉狂下的興嘆 南方朔著
㉝猶記風吹水上鱗
・錢穆與現代中國學術 余英時著

㉞形象與言語
・西方現代藝術評論文集 李明明著
㉟紅學論集 潘重規著
㊱憂鬱與狂熱 孫瑋芒著
㊲黃昏過客 沙究著
㊳帶詩蹺課去 徐望雲著
㊴走出銅像國 龔鵬程著
㊵伴我半世紀的那把琴 鄧昌國著
㊶深層思考與思考深層
・轉型期國際政治的觀察 劉必榮著
㊷瞬間 周志文著
㊸兩岸迷宮遊戲 楊渡著
㊹德國問題與歐洲秩序 彭滂沱著
㊺文學關懷 李瑞騰著
㊻未能忘情 劉紹銘著

- 47 發展路上艱難多　孫　震著
- 48 胡適叢論　周質平著
- 49 水與水神・中國的民俗與人文　王孝廉著
- 50 由英雄的人到人的泯滅・法國當代文學論集　金恆杰著
- 51 重商主義的窘境　賴建誠著
- 52 中國文化與現代變遷　余英時著
- 53 橡溪雜拾　思　果著
- 54 統一後的德國　郭恆鈺主編
- 55 愛廬談文學　黃永武著
- 56 南十字星座　呂大明著
- 57 重疊的足跡　韓　秀著
- 58 書鄉長短調　黃碧端著
- 59 愛情・仇恨・政治・漢姆雷特專論及其他　朱立民著
- 60 蝴蝶球傳奇・真實與虛構　顏匯增著
- 61 文化啓示錄　南方朔著
- 62 日本這個國家　章　陸著
- 63 在沉寂與鼎沸之間　黃碧端著
- 64 民主與兩岸動向　余英時著
- 65 靈魂的按摩　劉紹銘著
- 66 迎向眾聲・八〇年代臺灣文化情境觀察　向　陽著
- 67 蛻變中的臺灣經濟　于宗先著
- 68 從現代到當代　鄭樹森著
- 69 嚴肅的遊戲・當代文藝訪談錄　楊錦郁著
- 70 甜鹹酸梅　向　明著
- 71 楓　香　黃國彬著
- 72 日本深層　齊　濤著

⑬美麗的負荷

封德屏 著

本書是作者從事寫作的文字總集。有少女時代所寫，如詩如歌的雋永小品；更有以求眞存眞的態度詳實記錄而成的報導文字，對象涵蓋作家、影劇圈、藝術家等文藝工作者的訪談記錄。值得有心人一起駐足品賞。

⑭現代文明的隱者

周陽山 著

生爲現代人，身處文明世界，又何能自隱於現代文明？本書內容包括散文、報導文學、音樂、影評、書評等，作者中西學養兼富，體驗靈敏，以悲憫之心關懷社會，以詳瞻分析品評文藝，是學術研究外，結合專業知識與文學筆調的另一種嘗試。

⑮煙火與噴泉

白靈 著

本書詳盡的評析了新詩的源起及演變、臺灣詩壇的今與昔，除介紹鄭愁予、葉維廉、羅青等當代名家的詩作及創作理念外，並給予初習新詩者的入門指引，值得想一探新詩領域的您細細研讀。

⑯七十浮跡

·生活體驗與思考

項退結 著

本書是作者一生所思所悟與生活體驗。從青年時米蘭求學，到「哲學之遺忘」的西德八年，再到主持《現代學苑》實踐對文化與思想的關懷，最後從事教學與學術研究的漫長人生歷程。雖是略帶有自傳性質，卻也反映了一個哲學人所代表的時代徵兆。

⑰永恆的彩虹

小民　著

問世間情是何物，怎教人如此感念，環遶家園周遭的倫理親情、憶往懷舊的大陸鄉情、恒久不渝的溫馨友情……，是多麼的令人難以忘懷。本書作者以平和的語氣、平實的筆調，娓娓道出人世間的種種至情，讀來無限思情襲上心頭。

⑱情繫一環

梁錫華　著

寫作是件動腦動筆的事，使人保持身心熱切，而創造性的熱切是有助健康和留住青春的。本書作者以其悲天憫人的襟懷，寓理於文，冀望讀者會心處，除了青春、健康外，另有所得。

⑲遠山一抹

思果　著

本書是作者近二十年來有關文藝批評、中英文文學、語文、寫作研究的精心之作。作者學貫中西，探究深微，以精純的文字、獨到的見解，寫出篇篇字斟句酌、妙筆生花的佳作，令人百讀不厭。

⑳尋找希望的星空

呂大明　著

在人生的旅途中，處處是絕望的陷阱，但晚星的光芒是黎明的導航員，雨後的彩虹也會在遠方出現，絕望懸接著希望，超越絕望，希望的星空就呈現在眼前，願這本小書帶給您一片希望的星空……

⑧¹領養一株雲杉

黃文範　著

有人說，散文是作家的身分證，對譯人何嘗不是如此。本書是作者治譯之餘，跑出自囿於譯室門外自遣的心血結晶。涉獵範圍廣泛，文字洗練而富感情，展現作者另一種風貌，帶給讀者一份驚喜。

⑧²浮世情懷

劉安諾　著

本書是作者以其所思、所感、所見、所聞，發而爲文的結集。作者才思敏捷，信手拈來，或詼諧、或雋永，皆屬上乘。在這匆遽忙碌的時代，不妨暫停一下，此書當能博君一粲。

⑧³天涯長青

趙淑俠　著

文藝創作者身處他鄉異國，該如何面對因文化差異所帶來的困擾？本書所描寫的，是作者旅居異域多年的感觸、收穫和挫折。其中亦有生活上的小點滴，時而凝重、時而幽默，清晰的呈現出東西文化的異同風貌，讓讀者享受一場世界文化的大河之旅。

⑧⁴文學札記

黃國彬　著

作者放眼不同的時空，深入淺出地探討文學的現象、趨勢，以至個別作家的風格，舉凡詩、散文、小說、文學評論等，都能道人所未道，言人所未言，把學問、識見、趣味共治於一爐，堪稱文學評論集的佳作。

⑧⑤ 訪草（第一卷）

陳冠學 著

本書是作者於田園生活中所見所感之作，內有田園意，有家居圖，有專寫田園聲光、哲理的卷軸。喜愛大自然田園清新景象的讀者，將可從中獲得一份未曾預期的驚喜與滿足；另有一小部分有關人性與人生哲理的文字，則會句句印入您的心底。

⑧⑥ 藍色的斷想

• 孤獨者隨想錄

ABC全卷

陳冠學 著

本書是作者暫離大自然和田園，帶著深沉的憂鬱面對人世之作。一路上你將有許多領略與感觸，時或有天光爆破的驚喜；但多數時候，你的心頭將披著一襲輕愁，甚或覆著一領悲情。這是悲觀哲學，卻是被熱情、關心與希望融化了的悲觀哲學。

⑧⑦ 追不回的永恆

彭歌 著

本書是《聯合報》副刊上「三三草」專欄的結集。作者以其犀利的筆鋒，對種種社會現象痛下針砭，冀望這些警世的短文，能如暮鼓晨鐘般，在這變亂紛乘的時代，起著振聾發聵的作用。

⑧⑧ 紫水晶戒指

小民 著

俗世間的珍寶，有謂璀燦的鑽石碧玉，有謂顯榮的列鼎封侯。其實生活就是人生最美的寶物，不假外求。非常喜愛紫色的小民女士，以她一貫親切、自然的文筆，輯選出這本小品，好比美麗的紫色禮物，要獻給愛好文學也愛好生活的您。

⑧⑨心路的嬉逐

劉延湘 著

本書筆調清新幽默，論理深刻而又能落實於生活踐履。走一趟作者精心安排的「心路」之旅，您將莞爾一笑，心情頓時開朗。而您也將發現，原以為只是一條山間小路，結果卻是風景優美、鳥語花香的舒坦大道。

⑨⓪情書外一章

韓秀 著

情與愛是人類謳歌不盡的永恆主題，它為空虛貧乏的現代生活加添了無數的色彩。本書記錄下了作者在日常生活中感受到的親情、愛情、友情及故園情，在書中點滴的情感交流裏，在這些溫馨的文字中，我們是否也能試著尋回一些早已失去的東西。

⑨①情到深處

簡宛 著

本書是作者旅美二十五年後的第二十五本結集。身為一個教育家，作者以其溫婉親切的筆調，寫出篇篇充滿溫情的佳構，不惟感動人心，亦復激勵人性。將愛、生活與學習確實的體驗，眞正感受到人生的有情，生命也因此生意盎然。

⑨②父女對話

陳冠學 著

一位老父與五歲幼女徜徉在山林之間，山林蓊鬱，山泉甘冽，這裡自有一份孤獨的甘美。本書是記述作者父女在人世僻靜的一個角落，過著遺世獨立的生活的文學畫。舉世滔滔，這應是一面明鏡，堪供讀者對照。

⑨③陳沖前傳

嚴歌苓　著

在好萊塢市場，多少人一夜成名直步青雲，又有多少人一朝雲中跌落從此絕跡銀海。身爲一個中國人，陳沖是經過多少奮鬥與波折，身爲一個聰慧多感的女子，她又是經過多少的心路激盪，才能處於這洶湧波滔中。本書將爲您娓娓道出陳沖的故事。

⑨④面壁笑人類

祖慰　著

本書是有「怪味小說派」之稱的大陸作家祖慰，在巴黎面壁五年悟得的佳構。他的散文神遊八荒，情貫萬里，將理性的思惟和非理性的激情雜揉一起。讀其作品既能吸收大量的科普知識，又可汲取其飄逸文風的美感享受，面壁笑人類，一樂也。

國立中央圖書館出版品預行編目資料

藍色的斷想：孤獨者隨想錄 A. B. C.
全卷／陳冠學著. --初版. --臺北市：
三民，民83
面；　公分. --(三民叢刊;86)
ISBN 957-14-2100-6 (平裝)

855　　　　83007174

©藍 色 的 斷 想

—孤獨者隨想錄 A. B. C.（全卷）

著作人　陳冠學
發行人　劉振強
著作財產權人　三民書局股份有限公司
臺北市復興北路三八六號
發行所　三民書局股份有限公司
地址／臺北市復興北路三八六號
郵撥／〇〇〇九九九八——五號
印刷所　三民書局股份有限公司
門市部　復北店／臺北市復興北路三八六號
重南店／臺北市重慶南路一段六十一號
初　版　中華民國八十三年十月
編　號　S 85271
基本定價　叁元叁角叁分
行政院新聞局登記證局版臺業字第〇二〇〇號

ISBN 957-14-2100-6 (平裝)